La memoria

1231

DELLO STESSO AUTORE

Il divano di Istanbul
Federico il Grande
Alabama

Alessandro Barbero

Poeta al comando

Sellerio editore
Palermo

Questo volume è stato stampato su carta Arena Ivory Smooth prodotta dalle Cartiere Fedrigoni con materie prime provenienti da gestione forestale sostenibile.

Barbero, Alessandro <1959>

Poeta al comando / Alessandro Barbero. – Palermo : Sellerio, 2022.
(La memoria ; 1231)
EAN 978-88-389-4301-0
823.914 CDD-23 SBN Pal0350201

CIP – *Biblioteca centrale della Regione siciliana «Alberto Bombace»*

Poeta al comando

1
Il pranzo Cosulich

«È una gran cosa che dopo aver preso una città io debba ancor sempre aver bisogno di quattrini» si lamentò Gabriele. «Che secolo prosaico, però, questo Novecento! Certo non capitava così a Cesare Borgia, o... o al Frundsberg» valutò dopo un istante di perplessità, irritato di non ritrovare più pronti nella memoria altri nomi d'illustri espugnatori. «Quelli lì, conquistata una città, si riempivano le tasche d'oro, e i bei forzieri colla serratura doppia; che io pure ce li ho, ma comprati dagli antiquari, e soprattutto vuoti. È vero che quei tali ci entravano a cavallo; e prima dell'assalto, quando dai colli d'intorno contemplavano la preda inerme spalancata a' lor piedi, sedevano in sella; e rispondevano, oh sì se rispondevano, i fianchi della bestia, al fremito di lussuria che gli risaliva su per i lombi: mentre io ci sono entrato comodamente in automobile, cogli occhialoni di mica e la sciarpa per il mal di gola. Sarà per contrappasso che invece di gavazzare in cattedrali sconsacrate son condannato ad ammuffire tra le scartoffie» sospirò: e io zitto.

Diede un'occhiata scoraggiata alla montagna di rapporti e libri mastri che s'era andata accumulando sulla scrivania, e ricominciò a divagare. «Già, oggi a ben vedere prendere una città è una burletta, è a mantenerla, poi, che ti rompi la testa ben bene! Che ti scassi 'a coccia... Fortuna che noialtri la teniamo dura, m'o diceva sempe 'a bbuonanima di mammà: Gabbriè, tu tieni 'a coccia tosta! Che se non era tosta, a quest'ora hai voglia!, c'era poco da ridere, tutti i giorni a calcolar tonnellate di farina e di carbone, razionar lo zucchero e il petrolio; e per finire la giornata, andare a pranzo coi finanziatori. Vorrei vederli al posto mio, i gran capitani di una volta. Sì, figurarsi! Quelli, i finanziatori se li aspettavano in campagna, su qualche stradicciuola poco battuta, e il finanziamento lo cavavano eccome, ma a modo loro! Ora, invece, sai che strilli se facessi prelevare il senatore Cosulich da una squadraccia d'arditi, e gli mettessi il pugnale alla barba: eppure è così che bisognerebbe fare con un cagnaccio come quello, altroché andarci a pranzo e riverirgli la signora...».

Interrotto il monologo senza badarmi minimamente, andò a poggiare i gomiti sul davanzale di pietra della finestra, e contemplò pensoso il silenzio del porto, che si stendeva deserto sotto di lui. Sui moli in abbandono non si vedevano facchini né marinai, giusto qualche disoccupato che se ne stava ozioso a scaldarsi al magro sole; e quattro gru d'acciaio, disoccupate pure loro, che incominciavano oramai ad arrugginire, protendendo vanamente le braccia ossute verso il mare. Quando aveva preso possesso del Palazzo, il Comandante aveva considerato un presagio di ventura il fatto che le finestre s'affacciassero così sul porto, e l'acqua dell'Adriatico arrivasse quasi a lambirgli i piedi, come una cagna fedele; ora, però, l'eterno spettacolo di quelle gru paralitiche era riuscito a infastidirlo. In ognuna gli pareva di riconoscere il braccio vendicativo dell'Associazione industriale, o della Lega dei commercianti, o del sindacato dei portuali, levato a maledirlo per gli effetti del blocco. «Eh già» riattaccò, «quando quei paranchi lavoravano, bastava un piroscafo attraccato al molo, e per i Cosulich eran quattrini: tante balle di cotone, tante di caffè, tante migliaia di franchi; è facile per questi capitalisti fare i soldi, gli piovono, per così dire, da soli nel portafoglio. Ora si dà le arie d'aver salvato Fiume dalla fame, perché finanzia le cucine popolari, dà dda magnà 'e patane... e a me tocca andarci a pranzo in pompa magna. Una solennissima scocciatura! Dovrei davvero portargli in casa una squadra di arditi, dieci dodici di quei ragazzi coll'appetito robusto che il rancio pare non gli basti mai, vedi come gli spazzolerebbero la tavola; lui, invece, si onora d'invitare il Comandante al suo modesto desco, ma gli arditi no, quelli se ne stiano pure fuori dai cancelli...».

Non è per via di questi soliloqui, badate, che sapevo entrare così facilmente nei segreti di Gabriele. C'erano anche faccende che lui si guardava bene dallo spifferarmi davanti, eppure ero informato anche di quelle, per me non faceva nessuna differenza. Non per niente da dodici anni ero il suo segretario e factotum! Non fo per dire, ma oramai sapevo così bene tutti i moti di quello spirito magno, che avrei potuto scrivere pagine intere così come le avrebbe scritte lui, tali e quali. Del resto vedrete voi stessi, se poi me ne verrà voglia: mi saprete dire. Be', comunque, alla fine dovetti ricordargli che si faceva tardi, e che la vettura lo aspettava per andare a pranzo dal Cosulich: e lui, che intanto ci aveva rimuginato ancora un po', dichiarò bruscamente che non ci veniva, aveva cambiato idea. Io sospirai, Gabriele non si rendeva mica conto della situazione, credeva ancora di poter fare a suo capriccio.

«T'ho già spiegato che bisogna andarci per forza, l'hai promesso!» protestai.

«Niente, niente. Non ci si va; oh, se tu vuoi andarci fa' pure. Dirai che non ho potuto venire, che non ho finito di calcolare il razionamento della semola. Anzi, di' che sono morto, così non mi scocceranno più».

«Ma si può sapere perché hai cambiato idea?».

Gabriele mi fissò, l'unico occhio vivo velato da una profonda tristezza (era capace di simularla benissimo).

«Perché mi fai queste domande, tu che mi conosci?» mormorò scoraggiato.

Io, si capisce, m'arrabbiai.

«Proprio perché ti conosco, ti dico che stavolta non puoi tirarti indietro, solo perché t'è passata la voglia di uscire. Insomma, sant'Iddio benedetto, dobbiamo sopportarne tutti di scocciature, a questo mondo!».

«Già, ma perché io?» ribatté lui, sinceramente sorpreso.

«Perché, perché! Perché senza i milioni di Cosulich il tuo governo non reggerebbe un'altra settimana, ti basta?».

Gabriele alzò le spalle, col gesto di chi è abituato a trovarli senza fatica ogni volta che gli capita d'averne bisogno, i milioni: e perciò giustamente li disprezza, né si ferma ad argomentare di simili bassezze. Si guardò intorno con aria svogliata, poi si diresse alla scrivania: voleva farmi credere d'aver deciso tutt'a un tratto di mettersi a lavorare. Lì, per fortuna, mi venne un'ispirazione.

«No, aspetta!» lo fermai. «Tu l'hai già veduta, la signora Cosulich?».

«No» grugnì lui. «Ma sarà anche lei una pitonessa con la barba».

«Per niente» ribattei, trionfante. «È ancora una gran bella donna».

«Ah sì?» reagì appena; e per prendere tempo alitò sulla caramella, si applicò a pulirla col fazzoletto. Brillava nelle sue mani, come una gemma preziosa.

«Sì, e io ti consiglierei di venire a conoscerla» insistei, intravvedendo la vittoria.

«E... che tipo è?».

«Materna, direi»; e abbozzai un seno prosperoso, col gesto magnanimo delle braccia. «Sì, materna. E ha votato al Comandante un culto che secondo me non esclude nessun sacrificio».

«Sai che ti dico, Tom? M'hai messo appetito» ridacchiò; poi s'applicò a incastrarsi la caramella nell'orbita. Una donna in vista: l'occhio ingigantì quella certa luce febbrile, e famosa.

Un'ora dopo, seduto nella sala da pranzo della villa Cosulich, Gabriele malediceva la mia doppiezza. E non poteva nemmeno accusarmi d'avergli mentito, no, perché la consorte del senatore era ancora potabile, con tutto che i suoi quarantacinqu'anni doveva averli toccati; e ci stavano pure le zinne prosperose... per gli amatori del genere, insomma, ancora 'nu bbelle piezz'e femmena... io, poi, lo sapevo benissimo che non era il suo genere proprio per nulla, con quei capellacci rossi intorcigliati come filo di rame e que' modi cannibaleschi; e l'appetito gliel'aveva fatto passare tutto, fin dal momento che l'aveva accolto in casa, a furia di smorfie e leziosaggini: che con quel fisico da generalessa finivano per renderla ancora più ridicola. Lui lo temeva e lo detestava, quel genere di femmina, e l'aveva sempre tenuto alla larga; sicché stavolta non poté trattenersi, anche a costo di riuscir maleducato. Accogliendoci, alla signora scappò detto: «Quale onore ch'Ella ci fa, Comandante»; lui, allora, sorrise, ma più che un sorriso gli uscì un ghignetto antipatico, e ribatté: «Signora, non tanti complimenti, la prego!, chissà perché con me tutti si sentono in obbligo di parlar forbito». E raccontò di quell'altra signora, proprio lì a Fiume, che al sortire da un ricevimento, siccome nell'anticamera era rimasto un berretto gallonato e non se ne ritrovava il proprietario, e lui d'altra parte era l'ultimo ad accomiatarsi, quella padrona di casa dunque, indicando il disgraziato berretto aveva trillato: «È di Ella, Comandante, quel berretto?». Di Ella! Il senatore udendo l'aneddoto scoppiò a ridere cordialmente, scuotendo la barba, e la signora addirittura batté le mani: meno male, l'avevano presa bene.

Ma poi, a tavola, gli crebbe il fastidio di quella femmina invadente che non gli levava gli occhi di dosso, quasi contasse di mangiarselo: tant'è che il medesimo sguardo l'aveva riservato, oh solo per un attimo!, al gran piatto di cinghiale in agrodolce comparso in tavola sul culmine del pranzo, dopo l'antipasto, e la minestra alla giardiniera, e le scaloppe: alla finanziera, per l'appunto. Giusto per tenersi leggeri! E almeno lei gli avesse d'ora in poi riservato la meritata attenzione, al cinghiale di cui menava gran vanto («ricetta dell'Artusi, sa, Comandante!»); macché, rimandata la serva in cucina gli aveva riempito il piatto lei stessa, e senza prender nulla per sé era rimasta a guardarlo mangiare con quel medesimo occhio concupiscente: da cavarti anche quell'altro appetito, veramente. Sicché del bestione stracotto Gabriele poté assaggiare a mala pena un boccone o due, e ci bevve su non più d'un bicchierino di tocai; e d'altronde lui aveva sempre mangiato poco e bevuto meno, per igiene. Tanto più poi da quando s'era imbarcato in quest'avventura. Ai visitatori ripeteva, e lo ripetevo anch'io!, che lì a Fiume viveva, si può dire, da frate: un esempio per tutti.

Un piccolissimo senso di colpa, a dir la verità, mi stava crescendo in corpo, pure se l'inganno era stato a fin di bene. La senatrice era della specie che lui temeva di più: quelle che vogliono farti parlare di letteratura, d'arte. Il cinematografo! Che cosa meravigliosa che un tale Maestro abbia donato il suo genio a quest'arte del futuro! E non si smontava, no: nemmeno quando il Comandante, posata la forchetta, le disse chiaro e tondo che *Cabiria* secondo lui era «una bojata». Che quella lì non si poteva neanche chiamare arte, «se non con ironia, intendiamoci. Arte, sì, come la vorrebbe la folla, avida e melensa. Io, signora, ho lasciato fare, e sa perché? Per guadagnare in tre o quattro ore cinquantamila lire, come in una bisca qualunque. Ecco tutta l'arte del cinematografo, signori miei!». Macché, non serviva. E così, mentre lui tornava a nettarsi il monocolo col tovagliolo, per guadagnar tempo, e intanto badava a verificare di traverso se uno schizzo di sugo della dannata pietanza non gli avesse macchiato il solino di celluloide, la signora Cosulich continuava ad assicurarlo del suo sacro rispetto, di lei, per l'arte sua immortale. Il senatore lavorava di mandibole, stritolando un boccone dopo l'altro le costolette migliori: non gli scappava dalla barba né un pinolo, né un'uva passa. In faccia a me era seduta la figlia, una ragazzetta insignificante, con la faccia smunta dell'anemica: aveva allontanato il piatto con espressione schifata, e cincischiava con la mollica del pane. «Io» proseguiva implacabile la generalessa, «io ho letto tutti i suoi libri, Comandante. E mi dica, qual è quello ch'Ella predilige?».

A questa domanda drizzai le orecchie. Smisi a un tratto di masticare e levai lo sguardo su Gabriele, con un impercettibile sorriso. Io, l'ho già detto, lo conoscevo più di tutti, sapevo tutti i suoi gusti e i suoi vizi. Avevo capito benissimo quel che si preparava.

«Ebbene, signora» dichiarò lui solennemente, dopo aver bagnato le labbra nel tocai ed essersele forbite al tovagliolo, «quello che amo più d'ogni altro è *Il silenzio del mare.* Io so che lì la mia lirica ha toccato la sua essenza più profonda, e dispero di riuscire mai a superarlo. Lei che ha letto tutti i miei libri mi dirà se è d'accordo con me».

La signora Cosulich s'imperlò di sudore, ma resse la botta bravamente.

«Comandante, lei non sa quante ore ho passato col *Silenzio del mare*, senza riuscire a staccarmi dalle sue parole» garantì. Ma Gabriele, che sorvegliava la tavolata coll'occhietto maligno dietro il vetro del monocolo, s'accorse che la figlia aveva di colpo levato il viso con un'espressione perplessa, mutatasi poi lentamente in sorriso. Come i loro sguardi s'incontrarono, il Comandante le strizzò l'occhio, quindi tornò a interessarsi del suo piatto, per nascondere il ghigno che stava spuntando pure a lui; quanto a me, stavo tossendo nel tovagliolo da un pezzo.

«Io sono sicuro che la signorina Cecilia non ha letto *Il silenzio del mare*» affermò dopo un po' Gabriele.

«No, infatti» confermò la ragazza, con una punta d'impertinenza.

Io levai un'altra volta lo sguardo dal piatto e fissai Gabriele, stavolta un po' allarmato. Ma lui mi spiccò un cenno che voleva dire, non preoccuparti, la situazione è sotto controllo, ci vuol altro!

«Cosa vuole che abbia letto! Cecilia legge ancora il "Corriere dei Piccoli"!» intervenne la madre.

«Mamma!».

«E fa benissimo» stabilì Gabriele. «Lo leggo anch'io. Sono abbonato fin da prima della guerra, e ora me lo faccio spedire anche qui a Fiume. S'impara molto sull'Italia d'oggi, e su come educano quella di domani. Ma io» aggiunse galantemente «sono sicuro che la signorina Cecilia ha letto anche ben altro».

«Oh sì!» scappò detto alla ragazza; e voleva aggiungere, gioiosamente, «io ho letto tutti i suoi libri, li so a memoria tutti!»; ma si ricordò appena in tempo che li aveva letti di nascosto. «Ho letto tutto Dumas» finì, riabbassando lo sguardo.

«Gliel'ho detto, Cecilia è una bambina» ribadì la signora Cosulich, beatamente ignara.

«*I Tre Moschettieri* è un gran libro» decretò il Comandante senza badarle. «Con tante porcherie che si pubblicano tutti i giorni, non si può far di meglio che rileggere Dumas, io stesso l'ho riletto da poco» sottolineò. La ragazzina arrossiva di piacere; e lui l'aveva notato, e se ne compiaceva. Così imbarazzata, persino quei suoi lineamenti aguzzi di faina non mancavano d'un certo *charme*.

«Io ho letto un'opera di poesia che mi ha appassionato come non avrei mai creduto» se ne uscì d'un tratto il senatore Cosulich, deponendo la forchetta.

«Sì?» lo sollecitò il Comandante, dopo un istante di silenzio.

«La Carta del Carnaro» spiegò il padrone di casa, in tono asciutto. Ahi, ci siamo, mi dissi. Nella stanza era ricaduto un silenzio pesante come un macigno, ma per fortuna proprio in quel momento la serva rientrò a cambiare i piatti, e il silenzio s'infranse nell'acciottolio delle terraglie, e nei nostri complimenti per la riuscita dello stracotto. Quando fu servita la galantina, accolta con segni di vivo favore da Gabriele (ma era per la segreta speranza che il pranzo volgesse finalmente al termine), perfino l'animo esulcerato del senatore aveva avuto il tempo d'addolcirsi. «Sì, caro Comandante» riprese, sforzandosi d'apparire allegro. «Lo Statuto che lei ha dettato per la nostra Fiume è forse la più alata delle sue opere. Ma mi lasci dire, lei che conosce la mia franchezza, ci sono in essa delle parti che non sono vitali, anzi, che se prese sul serio ci porterebbero alla rovina».

«Sentiamo!» l'invitò Gabriele, diffidente.

«Mi consenta» cominciò il senatore «una premessa; sulla quale credo concordino tutte le persone ragionevoli in questa città. Fiume, e la sua autonomia, o chiamiamola pure indipendenza, se così le piace, si reggeranno solo se sapranno attrarre commerci e capitali. Su questo paragone la Reggenza potrà stare o cadere. Perciò non importa dimostrare al mondo ch'essa è bella e giusta; queste proprietà il mondo politico non le cura. Importa dimostrare ch'essa è utile all'economia mondiale; e per questo lo Statuto, che pure, m'intenda Comandante, resta un ideale, resta un faro, però necessita di modifiche. L'articolo IX! Lei ha inserito nella Carta un intero articolo per assicurare che la proprietà è sacra, purché sia adoperata nell'interesse collettivo, ché altrimenti potrà e dovrà essere espropriata! Ma questo articolo è incompatibile con ogni attività economica moderna. Non troveremo un soldo se sta come sta».

«Prosegua» disse il Comandante, stringendosi nelle spalle.

«Proseguo! L'articolo XIX, sui diritti dei sindacati! Così com'è, quell'articolo darà la città in mano alle leghe operaie. E non cambia nulla se invece di lega la si chiama sindacato, associazione o corporazione. Quell'articolo tratta i datori di lavoro come malfattori da sorvegliare. Ebbene, mio caro Comandante, il mondo è grande, e questi malfattori troveranno posto in altre città che incivilirannno e arricchiranno, lasciando Fiume alla sua marmaglia d'operai».

«Ma caro senatore» lo frenò Gabriele «mi pare che lei abbia ben poco rispetto per i suoi concittadini, eppure le assicuro che gli operai e altra marmaglia hanno dato il sangue in guerra proprio come i capitalisti».

«Ma lei è un poeta, Comandante!» scattò il Cosulich. «Lei non li conosce, i nostri operai! Non sa come si approfittano della mancanza di manodopera per ricattare ignobilmente i datori di lavoro! S'è ben vista la loro condotta fin dallo scoppio della guerra! E crede lei che da allora, satolli per i salari pazzeschi, siano stati capaci di incivilimento? Ma neppure per idea! L'operaio e la sua compagna vivono tuttora come porci nella loro casa, per sciupare all'osteria in vino la gran parte del loro reddito! E se un barlume d'idea si fa strada nei loro cervelli inebetiti, è l'idea soviettista! E mi spiace dover dire, Comandante, che quegli articoli della sua Carta paiono scritti non dall'eroe guerresco d'Italia, ma da un agitatore bolcévico!».

Gabriele sogghignò dietro la caramella. Io lo guardai, sapevo benissimo che cosa gli stava passando nel cranio maraviglioso. Ma tu guarda!, pensava, che paura gli hanno messo a costoro, quegli altri pazzi scatenati laggiù in Russia. Che avventura, anche quella, da buttarcisi a corpo morto, se non fossi già impegolato in questa qui! Ma chissà che non càpiti ancora, la vita è pur lunga, e io avrei tante cose da insegnargli, a Lenin; con tutto che dev'essere un uomo formidabile, e una gran coccia tosta lui pure. Già, hanno ragione quei ragazzi che nelle osterie del porto vanno dicendo che si dovrebbe fare anche noi come in Russia: ci sono pure dei miei ufficiali fra quelli, e lo dicono abbassando la voce, come se io poi non lo risapessi! Sì, fare come in Russia: e appiccargli il fuoco alla barba, al Cosulich...

«Perché, Comandante» insisteva il senatore, ignaro di quei bei propositi di Gabriele, «delle due l'una: o la Carta sta com'è, e noi permettiamo all'Italia e al mondo di assistere allo spettacolo d'una Reggenza fatta complice dei sovversivi; e allora è fatto un nuovo, e assai grave!, passo sulla via della bolcevizzazione dell'Italia: non soltanto della nostra Fiume disgraziata, ma dell'Italia tutta, dove la bolcevizzazione è già ben avviata e si vede per esempio nel servizio ferroviario, in quello postelegrafonico, nelle invasioni delle terre coltivate, nei soviet delle fabbriche; tutte delizie dalle quali noi speravamo che il suo governo fosse per salvarci. Oppure, di fronte alla feccia che prende il sopravvento, il governo italiano piglia le sue risoluzioni, e allora, mi dispiace dirlo, Comandante, ma della Reggenza del Carnaro non resterà entro ventiquattr'ore che il ricordo».

Gabriele, si capisce, reagì freddamente a questa profezia.

«La Reggenza reggerà, senatore; io tengo Fiume finché vivo, inoppugnabilmente. Nessuno può togliermi di qui».

Il senatore cominciava a perdere la pazienza. Grand'uomo, pensava, questo D'Annunzio, impossibile negarlo, ma del mondo moderno non ci capisce un'acca; ed è pure una testa dura, lì sopra le idee rimbalzano!, intuì, osservando il bel cranio lucido e calvo, che sovrastava la caramella incastonata nell'orbita tenace.

«Io mi auguro che sia davvero così, Comandante» acconsentì, fingendosi placato. «Purché il generale Caviglia non ci costringa un giorno a verificare dal vivo fin dove si spinge la fedeltà dei suoi uomini. Io l'avverto, quegli uomini che oggi la adorano perché ha dato loro ogni licenza, tradiranno pure lei e i suoi ufficiali il giorno in cui li scontenterete. E per non scontentarli, da duce lei dovrà trasformarsi in loro servo. Ah, ma me non mi toccheranno, pensa il Comandante! E perché, di grazia? Per i russi era più sacro lo czar che non D'Annunzio per i suoi. E anche nella rivoluzione francese, si ricorda?, un idolo cadde appresso all'altro, finché non venne, non già un nuovo idolo, ma uno che sapeva mitragliare la canaglia. Tutta la democrazia che avete voluto introdurre nel vostro esercito e nello stato non fa che compiacere alla feccia, e se ne vedono già i risultati. Ma i capitali non corrono dove la feccia comanda!».

«E senza capitali io cadrei?» domandò beffardo Gabriele. Per il senatore quella verità era così evidente che riuscì a mala pena a balbettare una risposta: egli aveva letto troppi trattati d'economia per essere ancora capace di dimostrare ciò che non aveva bisogno di dimostrazione. Il Comandante ne approfittò, coll'istinto del pugilatore che non si lascia sfuggire lo spiraglio aperto nella guardia dell'avversario, e lo incalza fino a metterlo *knock-out*.

«Eccolo dunque, il bello e santo spirito nazionale del capitalismo!» esultò. «Qui le leggi non convengono ai nostri profitti, ebbene noi ce ne andremo altrove! Semplicissimo, no? Lasciando, intanto, che a Fiume trionfi l'immondizia croata!».

La signorina Cecilia, che aveva ascoltato fino allora pallida e con gli occhi bassi, riducendo in minutissimi pezzettini, nel suo piatto, una fetta di galantina, a queste parole fremette.

«Ma io» proseguì Gabriele, cui non era sfuggito quel sussulto, «credo che dietro i capitali, mio caro senatore, ci siano cuori che battono, cuori italiani, e cuori d'uomini e donne, vivaddio, sì anche di donne, che forse son più caldi di quelli dei loro mariti e dei loro padri. Son queste donne che io ho sentito cantare per le strade di Fiume, quando i loro uomini stavano serrati nelle banche e nei consigli delle aziende a calcolare i loro profitti, e forse c'era lei, signora, e forse la signorina Cecilia, a cantare, com'io sentii, che tutto potevano essere gli italiani di Fiume, ma non mai croati... com'è che diceva quella canzone che io udii fin dal primo giorno del mio arrivo?».

«Croati no! no! no!» intonò la ragazzina, con gli occhi che brillavano, accesi d'un'eccitazione febbrile. Il Comandante ed io alzammo verso di lei il calice del tocai, e sorridemmo.

«Ma veramente Ella crede che a Fiume possa trionfare il croato?» esclamò la signora Cosulich, con un moto di ribrezzo.

«Oh! Chi sa cosa potrà accadere, se io me ne andrò! La croataglia interna congiura» confermò con noncuranza Gabriele. «È un popolo che la nostra razza non ha ancora saputo incivilire, fors'anche» aggiunse, alzando d'un tono la voce, «perché prima ch'io entrassi a Fiume, c'erano qui scuole italiane e scuole ungheresi, ma scuole per i croati non erano consentite, o mi sbaglio? Ma allora comandavano i magiari, e pure quella è una razza feroce. Ora, però, qui comando io, comanda l'Italia, e i signori del Consiglio si permettono di criticare la mia Carta, perché concede libertà d'insegnamento, nella sua lingua, alla popolazione croata, come a ogni altra. Qui il croato si vorrebbe analfabeta, e ci si stupisce che sia ancor sempre così rozzo e violento! E non si vede che se si persevera su questa via, dietro al croato verrà il serbo, col suo coltello affilato. Il serbo con cui il governo di Roma puttaneggia!»

A questo punto io mi misi un'altra volta a tossire; ma Gabriele aveva gonfiato le vele al vento, e proseguì senza badarmi. «Sì, signori miei, l'Italia è ridotta a patteggiare coi feroci porcari che tagliano le mammelle alle donne montenegrine e uccidono in culla i poppanti a colpi di spillo, e qui i nostri capitalisti, eredi di San Marco, sono pronti a portar via i loro capitali e lasciare ai porcari la città, piuttosto che concedere ai lavoratori delle fabbriche, ai lavoratori del mare quei giustissimi diritti che tutto il mondo civile riconosce!».

Il Cosulich era senza parole. Ma tu guarda come sa rigirar la frittata quest'uomo, pensava. Quando è lui, lui, che con le sue concessioni sciagurate, co' diritti politici accordati a tutti coloro che vivono a Fiume e nel circondario senza distinzione di nazionalità, col diritto di associazione per la marmaglia operaia, ch'è marmaglia in massima parte croata, è lui insomma che farà sommergere il nostro isolotto italiano dalla marea slava; e neppure se ne rende conto, perché a lui non gliene importa nulla, lui se ne infischia di noi come dei croati, e dei diritti dei lavoratori non gl'importa un fico, anche se ha inventato ora questo nuovo trucco di comiziare come un bolcévico; a lui gl'importa solo della sua gloria e dei suoi comodi, e per questo ci sacrificherà tutti quanti, intuì il senatore con una chiarezza che non gli s'era mai presentata prima; e un brivido ghiacciato cominciò a serpeggiargli nella schiena. E invece, guarda, l'ha rigirata così abilmente che pare siamo noi gli antinazionali, i traditori: noi che ci preoccupiamo della prosperità pubblica, e, sì, anche di quella nostra privata; e pure Eugenia e Cecilia pendono dalle sue labbra, le ha ipnotizzate.

E davvero le due donne fissavano il Comandante senza quasi osar respirare. Lui lo sapeva, eccome!, e si compiaceva di tenerle in pugno. Comunicava con loro come per via elettrica, tanto che avrebbe scommesso di sapere quel che passava nei loro cervelli affocati: la madre, e ancor più la figlia. Quella, non c'era da sbagliare, sentiva l'odore di que' porcari, e vedeva quei coltelli scendere a tagliar le mammelle, e le tremavano sicurissimamente le gambe e il grembo; ma d'un tremito non tutto sgradevole, intuì Gabriele, trionfante. Quanti anni avrà? Sedici? Diciassette? Quasi sempre queste anemiche paion più giovani del vero, e quasi sempre covano ardori che le sane non saprebbero alimentare: c'è una fornace nella loro malattia che le consuma, e chi sa attizzare quel fuoco ci si può scottare deliziosamente...

Anche la signora Cosulich s'era accorta di come sua figlia teneva gli occhi inchiodati sull'ospite, trattenendo il fiato mentre lo ascoltava; e quell'estasi non le piacque. Per fortuna intanto avevamo finito anche la torta, e così poté alzarsi da tavola.

«Vogliamo andare a prendere il caffè? Cecilia, tu ti ritiri, vero?, ti sei già stancata fin troppo stasera. Capitano» aggiunse rivolta a me «vuol dare il braccio a mia figlia fino alla porta? È così debole da un po' di tempo, anzi, guarda, Cecilia, Angiolina ti accompagnerà di sopra. Angiolina» proseguì rivolta alla serva «porta in leto la signorina e sta atenta che no ghe serva gnente. Speta che la se indormensa, ti ga capio? Dopo va a dormir anca ti senza tornar zo, ti spareciarà domana» aggiunse allarmata, osservando che Gabri, al passaggio della ragazzona in grembiule, s'era attardato ad aggiustarsi la caramella (lui, si sa, non aveva pregiudizi, la carne è comunque carne). «Comandante, mi dia il braccio, il caffè è già servito» concluse vezzosa, e si avviò senz'altro al fianco del suo prigioniero; era più alta di lui d'una buona spanna. Ignorò il marito che s'affrettava a seguirli. Dopo essersi spazzolato una briciola dalla barba, però.

«*Il silenzio del mare*!» esclamai, mentre l'automobile ridiscendeva il viale verso la mole oscura della città, quasi priva di luci nel freddo della notte autunnale. «Gran bel titolo. Migliore di quello dell'ultima volta».

«Sì» confermò Gabriele, soddisfatto; e si frugò con lo stuzzicadenti, là dove un dente più marcio degli altri lo infastidiva. «Piace anche a me. Forse un giorno lo scriverò davvero. Ricordami di mandarne una copia alla signora Cosulich, in quel caso».

Era da poco passata la mezzanotte quando la porta si aprì senza rumore e Cecilia, scalza e in camicia, entrò nella sala da pranzo. In un altro momento gli odori grevi che ristagnavano lì al chiuso le sarebbero parsi ripugnanti, ma stavolta non se ne accorse nemmeno. Nella penombra lunare che filtrava attraverso le persiane accostate, raggiunse il tavolo ancora da sparecchiare, carico di piatti sporchi e di avanzi raggelati, sedette con un brivido sulla sedia dov'era stato seduto il Comandante, e credette perfino (ma era un'illusione) di sentire ancora, attraverso la tela fine della camicia, un poco del suo calore attardatosi sul cuoio. Con la mano tremante cercò la forchetta del Comandante, se la mise in bocca e la leccò avidamente. Bevve il sorso di tocai ch'era rimasto nel bicchiere (sua madre sarebbe rimasta molto sorpresa di vederle mandar giù il vino a quel modo, perché nessuno aveva mai visto Cecilia bere alcolici; eppure le bottiglie di vino lasciate a metà, in cucina, o quelle di cognac che il senatore teneva nel suo studio per sorbirne un bicchierino dopo pranzo, si svuotavano in fretta in quella casa, certe volte addirittura dalla sera alla mattina). Finalmente trovò una crosta di pane abbandonata in un angolo del piatto, su cui spiccava ancora il segno d'un morso: se l'accostò alla bocca, e ad occhi chiusi passò la lingua dov'erano state le labbra di lui. Poi addentò il pane con voluttà, sbriciolandolo fra i denti e quasi soffocandosi, finché non l'ebbe inghiottito tutto.

2
Quarantasei quadrupedi

Avvolto nella vestaglia cinese, Gabriele se ne stava stravaccato sull'ottomana, e fumava tranquillamente la prima Abdulla della giornata. Come tutte le mattine, entrai nello studio carico d'una bracciata di giornali, lettere e telegrammi. Le buste erano gonfie e gialle, sfigurate da una grandinata di timbri, quasi che le Regie Poste volessero vendicarsi d'esser costrette a quello sfregio: di recapitar la posta a lui, che lì a Fiume sbeffeggiava lo stellone e tutto l'italico gregge. Ma poteva pure darsi, chissà!, che qualche impiegato o avventizio di segreta fede anarchica, laggiù all'ufficio postale di Abbazia, ci provasse gusto, a pestare in quel modo sul muso di Vittorio: e pazienza se in effigie, per il momento. Rallegrato da questo pensiero, il Comandante mi restituì l'intera bracciata, dopo averla degnata appena di un'occhiata.

«Guarda un po' tu. Che c'è di nuovo sui giornali?».

Sfogliai rapidamente: «Il Corriere», «La Stampa», l'«Avanti!», «Il Popolo d'Italia»... Le occupazioni delle fabbriche continuavano, fra l'indignazione generale o quasi. A dar retta a certi fondi, pareva che Lenin fosse già sul punto di saltar giù a Termini da un treno blindato, e dare l'assalto al Quirinale. L'occhio mi si fermò su un trafiletto del «Corriere»: ero diventato bravissimo a individuare al volo gli articoli in cui compariva la parola "Fiume".

«Secondo il "Corriere", Lenin segue con attenzione l'evolversi della situazione a Fiume, dove prevede che possano presto formarsi i soviet».

Questa notizia lo fece ridacchiare.

«Lo so! Lo so! Tutto perché siamo l'unico Stato che ha riconosciuto il suo governo! Scommetto che presto ci manderà un altro ambasciatore, come quello che venne l'anno scorso... Ti ricordi?». Contraffece la voce. «Lui criedeva di friegarmi, ma non c'è riuscito!».

Del rischio d'un'insurrezione soviettista a Fiume s'era occupato perfino il Parlamento. Rispondendo a un'interrogazione, l'onorevole Giolitti aveva assicurato che il governo non tollererebbe un'evoluzione della situazione fiumana in senso rivoluzionario.

«È curioso» osservai, «non vogliono l'annessione, ma pretendono lo stesso di decidere quel che dobbiamo e non dobbiamo fare».

Gabriele alzò le spalle.

«Cosa vuoi che ti dica! L'Italia è un paese di pagliacci. Alla fine, saremo costretti noi ad annetterci loro. Chissà, forse in quel caso gli inglesi e gli americani non avrebbero niente da ridire».

Le cronache politiche, però, contenevano anche notizie più inquietanti. Le trattative del governo con la Jugoslavia procedevano speditamente, e c'erano pochi dubbi che pur di arrivare a un trattato Giolitti ci avrebbe mollati. La prospettiva non sembrava preoccupare nessuno; solo la «Gazzetta del Popolo», a suo modo, prendeva le distanze.

«Guarda qua» ridacchiai.

«Che c'è?».

«Un intervento formidabile in nostro favore».

«E di chi?» s'interessò Gabriele.

«Di E. A. Mario».

«E chi sarebbe?».

«Ma dai, non farmi credere che non lo sai» m'irritai. Quando faceva così, Gabriele avrebbe fatto perder la pazienza a un santo. «È quello là... quello che ha scritto la *Canzone del Piave*. L'avrai sentita, no? "Il Piave mormorò..."».

«Ma sì, sì» borbottò, con un gesto di fastidio. Si tirò a sedere, da sdraiato che era, e schiacciò il mozzicone nel posacenere. «Da' qua» aggiunse; e cominciò a leggere, accigliato. Si sa che in Italia le canzonette sono molto più importanti degli atti parlamentari, perciò tocca tenersi al corrente anche di quelle! A metà della lettura, però, fu preso anche lui da un'allegria impreveduta. E. A. Mario aveva composto una canzone napoletana per perorare la causa di Fiume.

«No, ma non è possibile! Senti un po' qua:

Nun se vence 'ncopp 'o Piave
pe' dà Fiume all'Jugoslave!

«Eh? Questa sì che è letteratura, caro mio! Non dico arte, quella oramai la faccio solo io, ma sfido chiunque a dimostrarmi che non è letteratura!».

E ripeté, in preda all'ilarità:

Nun se vence 'ncopp 'o Piave
pe' dà Fiume all'Jugoslave!

Io, intanto, avevo cominciato a sfogliare la corrispondenza; sapevo già che non avrebbe avuto voglia di occuparsene, soprattutto di quella privata. Ogni tanto, però, cercavo di fargli leggere qualcosa, e magari, Dio non voglia!, anche rispondere: sarebbe stata buona politica, alla fin fine. Ma Gabriele, diciamocelo, non era un gran politico.

«To', questa la vuoi?» proposi, mostrandogli una missiva più piccola delle altre, sovraccarica di francobolli, e su cui campeggiava la scritta URGENTE. Il corrispondente, è chiaro, sperava che con quello stratagemma la sua lettera sarebbe stata presa in maggior considerazione; ma s'ingannava.

«Sarà certo urgente per chi l'ha scritta, ma non per me che la ricevo» osservò Gabriele con indifferenza; tirò fuori di tasca il portasigarette d'oro, col motto "Ardisco non ordisco", e s'accese un'altra Abdulla.

«Non scrive nessuno che conosciamo?» s'informò poi, con uno sbadiglio.

Verificai rapidamente. «Non direi» conclusi; e procedetti a squarciare un'altra busta. Conteneva una lettera lunghissima, due fogli piegati in quattro e coperti su entrambe le facciate d'una scrittura minuta, maschile però. «Che ne dici di questa? Sembra cosa grave, ma non si capisce la firma» commentai, dopo aver scorso il secondo foglio; e lo allungai al Comandante. Lui corse con lo sguardo alla firma, poi s'aggiustò il monocolo con fastidio, e me lo restituì.

«Non lo conosco» disse brevemente. «Be', se è davvero una cosa importante, scriverà di nuovo. Se no, mi sarò risparmiato la seccatura di leggerla. C'è altro?» s'informò, accennando ad alzarsi.

«Aspetta, aspetta, ce n'è ancora» lo frenai. «To', questa è interessante, è del professor Bock, che insegna frenologia all'Università di Cornell».

«E cosa vuole quest'altro scocciatore?».

M'immersi nella lettura. Il professor Bock scriveva in francese, non senza qualche enormità. Quasi subito mi scappò un risolino.

«Senti qua! È una circolare, l'ha mandata, dice, a tutti gli uomini celebri del mondo».

«Per esempio?» s'interessò subito Gabriele.

«Vediamo, c'è l'elenco in calce. Ecco, per esempio a Barnum, a Kipling, a Marconi...».

«A Barnum!» m'interruppe il Comandante, costernato. «E che cosa vuole da me quest'americano, che mi esibisca in un circo?».

«Quasi! Egli possiede, dice, la più bella collezione di crani umani che esista al mondo, e ti prega di voler aggiungere una clausola al tuo testamento, in cui t'impegni a lasciargli il tuo cranio, affinché possa valersene per le sue ricerche frenologiche. Barnum, a quanto pare, ha già accettato».

«Ah sì, eh?» si riscaldò il Comandante. Il monocolo s'agitava da solo nell'orbita, e mandava lampi sinistri. «Bene! Scriverai a questo professore, che accetto la sua offerta...».

Stavolta, lo confesso, rimasi a bocca aperta.

«Sì che accetto la sua offerta» proseguì Gabriele, «a patto che anch'egli s'impegni a farmi spedire il suo cranio, qualora, com'è auspicabile, dovesse morire prima di me. Scriverai così, bada, soprattutto non dimenticare "com'è auspicabile". Che altro c'è?» s'informò poi, tornando a sistemarsi sull'ottomana e socchiudendo gli occhi.

In quel preciso momento bussò il piantone. Portava un fonogramma urgente.

«È una comunicazione del Regio Esercito» riferii dopo aver scorso con crescente meraviglia il foglio timbrato. «Un fonogramma del generale Caviglia, e ti assicuro che vale la pena di leggerlo».

A quella notizia perfino l'indifferenza del Comandante risultò scossa, e il vetro all'occhio gli tremò un istante. Per un momento, lì stravaccato in vestaglia nella comodità del suo studio, col rumore del tagliacarte e dei fogli accartocciati che finivano uno dopo l'altro nel cestino, s'era illuso d'essere ancora Gabriele d'Annunzio, il poeta, nel suo appartamento dell'Hotel Meurice, diciamo nel... be', nel 1910: nell'epoca beata quando il franco e la lira si cambiavano alla pari. Invece, e capivo benissimo il suo disappunto, lui era il Reggente del Carnaro, e l'esercito italiano, pur continuando a pagargli lo stipendio di tenente colonnello, lo assediava in Fiume; e dietro la firma del generale Caviglia c'erano chilometri di trincee scavate nel fango, rotoli e rotoli di filo spinato, battaglioni di reclute rapate a zero e infagottate nella cattiva tela grigioverde del Regio Esercito, e altrettanti moschetti modello 91, e ancora cannoni e autoblinde e aeroplani, e colonne senza fine di muli e cavalli, a ruminare col muso cacciato nell'avena... quella ch'era rimasta, dopo che avevano rubato i fornitori e i sottufficiali di fureria... e pure quegli altri, a leccar via il ragù dalla gamella dei maccaruni, con quel gusto di metallo freddo che t'allappa la lingua... già, tutti lì, tutti in campana, ad aspettare un suo passo falso. Il governo Giolitti voleva la sua pelle; ma non poteva dirlo, perché l'opinione pubblica, nel paese, sarebbe insorta. Almeno, così noi speravamo. Perché se mai a Roma avessero smesso di tentennare, e dato ordine al Caviglia di attaccare, non avremmo potuto resistere una settimana; e lo sapevamo benissimo tutti quanti. Compreso, credo, Gabriele.

«Be', che vuole da me il duce di quella marmaglia?».

Gli passai il fonogramma, e se lo lesse. Diceva così:

Comando Generale della Venezia Giulia
(Ufficio del Signor Generale)

N. 156 Prot. S.S.

Trieste, 10 ottobre 1920

A Gabriele d'Annunzio

Si notifica alla S.V. che giorni or sono elementi facinorosi provenienti da Fiume razziavano presso il deposito del LXIII Gruppo d'Artiglieria in Volosca 46 quadrupedi (cavalli) in forza al Gruppo suddetto. Corre l'obbligo a questo Comando di stigmatizzare il gravissimo attentato, e ricordare ai militari che trovansi in Fiume che non basta pretendersi italiani a parole, ma bisogna pensare e agire italianamente, se si vuol essere italiani. Preavvisiamo pertanto la S.V. che se i suddetti quadrupedi non verranno restituiti seduta stante al deposito di pertinenza, ogni comunicazione tra Fiume e il territorio nazionale verrà interrotta d'ufficio, e saranno sospesi i rifornimenti di viveri e carbone.

Viva l'Italia!

Firmato: Il Generale d'Esercito, Comandante delle Regie Truppe nella Venezia Giulia:

CAVIGLIA

«Ma l'hai letto?» chiese Gabriele, esterrefatto.

«L'ho letto sì».

«Oggi non è il primo d'aprile, no?» insisté.

Allargai le braccia.

«Non mi risulta».

«Perché se fosse il primo d'aprile, mi spiegherei tutto. Io credo» divagò il Comandante, come dimentico del foglio minaccioso, «che quella dovrebbe essere la vera festa nazionale italiana. Anzi, ricordami che d'ora in poi in casa mia si celebrerà il primo aprile come festa nazionale e patriottica della novissima Italia».

«Prendo nota. Comunque, oggi non è il primo d'aprile e il fonogramma non è uno scherzo».

«Appunto questo è quel che mi stupisce. Se ti dico che l'Italia è un paese di pagliacci! Be', sai per caso che fine hanno fatto quei disgraziati cavalli, anzi quadrupedi, come li chiama lui?».

«Qualcuno serviva all'artiglieria» mi sforzai di ricordare. «E qualcuno credo che se lo siano mangiato...».

«E così noi siamo dei ladri di cavalli, e abbiamo commesso un gravissimo attentato! E lui, in cambio, affamerà la popolazione civile e non manderà il carbone! Viva l'Italia davvero!» si agitò il Comandante.

«Che cosa facciamo, glieli restituiamo?» proposi. «Quelli rimasti, dico».

Gabriele esitò, prendere delle decisioni non era mai stato il suo forte.

«Non lo so. Ho bisogno di pensarci. Usciamo. Vado a vestirmi».

In quel momento una cagna s'introdusse nello studio attraverso la porta semiaperta, e venne a strofinarsi contro le gambe del padrone. Era una levriera a pelo raso, bianca e dai riflessi turchini, magra e sfuggente come un ectoplasma.

«Oh, Crissa! Anche tu sei un quadrupede, sai? Te l'hanno mai detto? Povera, povera Crissa!» mormorò Gabriele in tono seducente: e intanto grattava la cagna lungo la spina dorsale, strappandole un uggiolio di piacere. «Sei venuta a reclamare il biscottino, eh?». Si alzò e andò a cavare da un armadietto una bottiglia di cognac, ne versò due dita in una tazzina da caffè, ci intinse un biscotto e lo porse al cane: quello se lo trangugiò in un istante.

«I levrieri hanno bisogno di cure» sentenziò Gabriele, compiaciuto. «Niente come il cognac e il tuorlo d'uovo. Ora non m'è rimasta che Crissa, ma quando avevo un canile pieno, a Parigi, ti ricordi Tom?, ho guadagnato alle corse il doppio di quel che spendevo in crema e liquori. Bisogna saper spendere, se si vuol guadagnare» concluse; poi, soddisfatto di quella lezione d'economia, si avviò verso la stanza da bagno.

Nel negozio di camicie e cravatte del signor Fischbejn, al pianterreno dell'Hotel Europe, Gabriele stava palpando con diffidenza una cravatta di seta; altre dieci o dodici, in tinte assortite, erano squadernate sul banco davanti a lui.

«Sì» mormorò dubbioso. «Però...».

«Però?» chiese zelante il signor Fischbejn, un piccolo ebreo ungherese, fregandosi le mani e quasi inchinandosi davanti al cliente. Vedeva bene che il Comandante non era persuaso, ma tutta la sua astuzia di negoziante non bastava a suggerirgliene la ragione. Che diavolo vuole ancora costui, mi ha già messo a soqquadro il negozio, pensò, mentre attendeva il Verbo.

«Insomma, non ne avrebbe di più care?» esalò finalmente Gabriele, in un soffio. Io me l'aspettavo, ma il negoziante no; perciò spalancò la bocca, per poco non barcollava. Ma si riprese subito: e un largo sorriso gli apparve sul volto ossequioso.

«Come no! Come no! C'è la serie di Lawrence & Co., vengono direttamente da Londra: con la guerra non s'importavano più, ma ne è arrivata una partita or ora. Non le ho ancora tirate fuori tutte, lei capirà, Comandante» aggiunse misteriosamente; e sparì nel retrobottega.

Gabriele si voltò, lisciandosi i baffetti, e naturalmente incontrò la disapprovazione nei miei occhi. Era sempre la stessa storia: aveva paura che gli rifilassero merce scadente, se il prezzo era troppo basso s'insospettiva; poi, all'arrivo del conto, dava del mascalzone al commerciante. Siccome quei conti, poi, toccava a me di pagarli, avevo cercato più volte di scoraggiarlo da questa politica; ma non era mica facile. Tornò a voltarmi le spalle, e subito si distrasse, perché due signori ch'erano entrati da poco nel negozio, dopo aver parlottato fra loro osservandolo di sbieco, si cavarono il cappello e si fecero sotto, quasi inchinandosi.

Volevano avere l'onore d'un autografo.

Il Comandante si frugò nelle tasche, ci trovò soltanto qualche biglietto spiegazzato da dieci lire, e fu sul punto di firmarlo per l'autografo; poi, per fortuna, ci ripensò in tempo, s'avvicinò alla cassa del negozio e si fece imprestare dalla signora Fischbejn un blocchetto di ricevute su cui essa segnava i debiti dei clienti. Lì, dopo essersi informato dell'identità dei due postulanti, scribacchiò poche parole e le firmò con lo svolazzo. I due signori arretrarono grati, senza osare di rimettersi il cappello in testa.

«Mi riconoscono dappertutto» mi sussurrò Gabriele nell'orecchio, scuotendo la crapa. Fingeva d'essere scocciato; ma non riuscì a fingere a lungo, e alla fine mi strizzò l'occhio. «È anche una bella pubblicità per il negozio. Immagino che mi farà lo sconto».

Il signor Fischbejn, ch'era rientrato nel frattempo con una fiammante scatola di cravatte inglesi, aveva osservato la scena sorridendo.

«Ecco!» disse untuoso, proponendo la sua merce. «Non troverà cravatte più care in tutta Fiume!».

Gabriele, soddisfatto, diede appena un'occhiata.

«Benissimo, me ne faccia mandare dieci dozzine».

«Ma... ma, di che colore? E di che foggia?» tentò di informarsi il negoziante, smarrito.

«Oh, un po' di tutte» concluse Gabriele, con noncuranza. «Ci crederebbe? A me le cravatte durano pochissimo».

Io lo aspettavo fuori dal negozio, come suo amministratore e tesoriere mi mancava il cuore di assistere a queste dissipazioni folli, e del resto sapevo benissimo che cercar di impedirle sarebbe stato del tutto inutile: era più forte di lui, i quattrini non eran fatti per restargli nelle mani.

«Allora, che si fa? Hai deciso qualcosa?» gli domandai quando uscì, accompagnato dagl'inchini dell'ebreo e della sua signora. Lui stesso mi aveva incaricato di rammentargli il fonogramma di Caviglia: quelli là, a Trieste, aspettavano una risposta.

Gabriele si grattò il naso.

«Ho deciso, sì. Gli risponderò. Faremo pubblicare la risposta sui giornali, ci sarà da ridere».

«Benissimo. Però se fossi in te ci andrei subito, a scrivere. Se vuoi mandare il testo in tempo perché lo pubblichino domani, bisogna che si possa telegrafarlo questa sera» gli feci notare.

Ma lui scosse il capo.

«Ora non ne ho voglia. Mi si è prosciugata la vena creativa. Due dediche ho dovuto inventare!».

«Ma quelli volevano solo l'autografo! Non bastava scrivere "Gabriele d'Annunzio"?» protestai.

Il Comandante mi guardò con compatimento.

«Ti sbagli! Da me tutti pretendono qualcosa di raro, d'inedito. Di dannunziano! E non è mica facile, credimi. Su, andiamocene al caffè».

La saletta interna del Caffè San Marco era affollata di signore e ufficiali; c'erano così tanti camerati, anzi, che le specchiere a muro rimandavano scintillii grigioverdi, e al nostro ingresso s'erano alzati tutti in piedi, gridando l'eja, eja, eja, alalà! per il Comandante. Lui affettava fastidio per queste cerimonie, e faceva di no, di no, con la manina; ma si vedeva che gli facevan piacere.

Mentre sorbivamo il caffè, m'ero quasi persuaso che stesse finalmente pensando alla risposta. Io, conoscendo com'era fatto, mi accorgevo benissimo che non era lì con la mente. Pareva che ascoltasse la conversazione col più grande interesse, ma io sapevo che non sentiva nemmeno una parola. Era perduto chissà dove in quella sua gran testa: che dentro c'era un labirinto dove era fin troppo facile, perdersi.

Intorno a noi, le signore e gli ufficiali discorrevano d'argomenti elevati, artistici, letterari addirittura. Naturalmente, la benignità con cui il Comandante pareva approvarli aveva incoraggiato quella piega, succedeva sempre così. Sul più bello un sottotenente giovanissimo, col volto roseo e imberbe, uno che qualche mese prima doveva stare ancora al liceo, volle chiedere l'opinione del Comandante, e senza volerlo cominciò, già arrossendo: «Mi scusi, professore...». Subito s'impappinò, accorgendosi d'averla fatta grossa; Gabriele lo fulminò attraverso il monocolo. «Si ricordi bene, che a Napoli 'o professore è quello che fa il giuoco dei bussolotti» sibilò, gelido. Dopo di allora, nessuno osò più interpellarlo: s'accontentavano della sua presenza muta e solenne, come una Pizia.

Vedendolo immerso nelle sue riflessioni, dietro il paravento mobile dei luccichii del monocolo e di qualche avaro monosillabo, ero sicuro che stesse prendendo forma una replica fulminante all'insolente lettera del Caviglia. Sul marmo del tavolino, il piatto con la torta non era stato toccato; e del resto, era una torta al surrogato. Dei dolci maravigliosi che un tempo, al principio dell'occupazione, facevan la gloria delle pasticcerie fiumane s'era perso il ricordo, con disappunto e finanche lutto di tutti noi. Niente più Sacher, niente più Napoléon: ora che il Caviglia razionava lo zucchero, lesinava la cioccolata.

«A che pensi?» gli chiesi a bassa voce, curioso di sapere cos'avrebbe escogitato.

«Sto chiedendomi» rispose lui, anch'egli a bassa voce, «quanto possa costare un paio di calze come quelle che porta quella signorina» (e accennò alla più carina fra le molte che facevan circolo). «Le deve certamente comperare da Bauer. Non glielo potresti chiedere?».

«Ti serve saperlo entro stasera, o ti basta domani?» replicai, scocciato. Il Comandante si mise a ridere. «Via, sta' tranquillo, lo so che stasera ho altro da fare. Anzi, guarda, andiamo pure» aggiunse con un sospiro voluttuoso, «mettiamoci allo sgobbo».

Mantenne la parola: ed era giorno fatto quando irruppe in camera mia, accendendo la luce senza riguardi. Per fortuna ero solo, e avevo dormito come una marmotta.

«Sveglia, che c'è da lavorare. Io ho lavorato finora, mo' me ne vado a letto. Telegraferai il testo alla stampa, e ne farai tirare mille copie in tipografia. Domani i nostri velivoli li faranno piovere su Trieste».

Sbadigliando e sfregandomi gli occhi, presi il foglio e lessi:

Sua Eccellenza il generale Caviglia ci ha accusati di ladrocinio di cavalli. Ed ha ragione.

Commossi dal tedio e dall'inedia in cui i quadrupedi del Regio Esercito trascinano la lor misera esistenza, ne abbiamo sottratti alcuni all'ozio de' depositi. Noi non sapevamo quanti fossero, ma ora lo sappiamo, perché Sua Eccellenza li ha noverati di persona: sono quarantasei.

Ed egli, ottimo italiano, s'è creduto offeso del nostro gesto.

E battendo il pugno iroso sulla tavola massiccia, ci avverte che bisogna pensare italianamente, se si vuol essere italiani.

E buon italiano, colla pertica di Sua Eccellenza, non

può essere chi osò rubare i quarantasei quadrupedi: ch'egli rivuole indietro assolutamente.

Sarà ciò possibile? Ahimè, la nostra fame lo ha preceduto. Ieri ne mangiammo quattordici: più scarni delle vacche d'Egitto.

Ora vogliamo mandare i sette e sette cranii a guisa di trofeo, per placare l'ira funesta. E precediamo l'ossuta cavalcata col messaggio del nostro cordoglio, della nostra contrizione.

Abbiamo perpetrato un'aggressione a mano armata contro le truppe fedeli.

Abbiamo rubato Quarantasei Quadrupedi.

Abbiamo offeso l'Italia.

Non sappiamo pensare italianamente.

Non siamo italiani.

Non meritiamo se non di essere affamati, ammanettati, e fucilati.

Ci rassegniamo.

Ma bisogna che ultimamente io confessi di aver rubato stanotte il Cavallo dell'Apocalisse per aggiungerlo ai Quarantasei Quadrupedi su lo zatterone criminoso.

Ha la sua brava bardatura generalizia; e un fulmine di Dio in ciascuna fonda.

Cum timore.

GABRIELE D'ANNUNZIO

«Chic!» ridacchiai, ormai completamente sveglio. «Per stasera sarà stampato».

Il Comandante stava già per uscire; era lui, ora, a sbadigliare. Si levò il monocolo e lo lasciò cadere nella tasca della vestaglia. Sulla porta, però, si fermò.

«Senti qua. Fa' cercare dappertutto i ronzini più vecchi e malandati che ci siano a Fiume. Può anche darsi che sia meglio restituirglieli, alla fine. Quarantasei ne vuole e quarantasei ne avrà. Sbattiamogliela pure sul muso, al tanghero, tutta questa carne di cavallo, e che mal pro gli faccia».

Sbadigliò ancora, e disparve. Non si sarebbe svegliato prima del tramonto.

3
A che cosa servono le bottiglie

Poteva essere la metà del pomeriggio. M'ero rifugiato a sbrigare qualche pratica in un ufficetto al mezzanino, lontano da quel formidabile perditempo, e sciupatore del tempo altrui, ch'era Gabriele. Lui, lì, era difficile che venisse a scovarmi, perché una volta, salendo per la scala tortuosa, s'era trovato un ragno fra i piedi, grosso, cattivo, di quei neri: aveva fatto un balzo indietro, e d'allora in poi, se appena poteva evitarlo, non s'era più arrampicato fin lassù. L'ufficetto era appena uno stambugio, ingombro di raccoglitori e armadi di metallo; sull'unica parete libera, in faccia all'ingresso, spiccava un riquadro più chiaro, là dov'era stato appeso il ritratto dell'Imperatore. Al suo posto, da un chiodo, pendeva sghembo un calendario ungherese del 1918, col cordoncino bianco rosso e verde: quello non m'era parso necessario levarlo. Me ne stavo allo scrittoio, seduto sulla punta d'una sedia in pelle sdrucita, e battevo a macchina con due dita su una magnifica Remington, nera e brillante; lascito pure quello dell'amministrazione imperialregia, e preda di guerra (quella macchina, poi, me la portai a Milano, dove mi rese ancora un lungo e fedele servizio; l'ho perduta, come la maggior parte delle mie cose, nei bombardamenti dell'anno scorso, ma questo qui non c'entra affatto). Il lavoro non mancava davvero: la faccenda dei Quarantasei Quadrupedi aveva prodotto una tale quantità di corrispondenza con l'esercito assediante, che ci sarebbero volute settimane per smaltirla tutta.

Sentir bussare alla porta, perciò, mi scocciò un poco. «Avanti!» borbottai, senza togliere la sigaretta di bocca. Nel riquadro della porta apparve la sagoma della signora Cosulich, col boa intorno al collo muscoloso, l'affanno nel respiro per aver salito le scale, e un vago sentore di sudore.

«Capitano!» esclamò. «Che fortuna trovarla, io qui mi sono bell'e perduta!».

Protestai ch'ero a sua disposizione. Era venuta, disse, a rendere omaggio al Comandante, e il piantone l'aveva fatta salire all'appartamento, assicurandola che Lui era in casa; ma poi non aveva potuto rintracciarlo da nessuna parte. La faccenda era chiarissima: Gabriele non aveva voglia di riceverla, ma anziché metterla alla porta come avrebbe fatto con chiunque altro, gli era saltato in mente di non farsi trovare. Si vede che l'avevo catechizzato quanto basta coll'urgenza di non scontentare il senatore, che non richiudesse lo sportello della cassaforte: non prima che ne fossero usciti i milioni, comunque. Insomma, Gabriele se l'era svignata; e come se non bastasse, più tardi mi toccò subire le sue rampogne, perché non m'ero trovato pronto a dargli sostegno: morale, e anche pratico. «Bisognava farla spupazzare da qualcuno» teorizzò. «Con tanti letterati a spasso che mi ronzano intorno, possibile non averne uno sottomano al momento del bisogno?».

Alla fine toccò comunque a me farmi carico della signora; e assicurarla che il Comandante era stato richiamato altrove da un impegno urgente, ma se solo fosse stato preavvisato della sua visita ecc. ecc. (fra me e me speravo che mangiasse la foglia: la prossima volta telefonagli davvero, vedremo allora come se la caverà!). Presi in consegna un dono che aveva portato per Lui, e che non resistette a mostrarmi, svolgendolo dal cartoccio in cui era involto: una ciotolina di ceramica ch'ella stessa aveva cotto e dipinto, con su un uccellaccio troppo colorato, che doveva figurare un pavone. Evitai la *gaffe* di misura. In quanti articoli di giornale era già stato scritto che il Poeta non accettava volentieri doni, nessun dono, giacché era lui nato per offrir doni al mondo, e non l'incontrario? Niente, c'era sempre qualcuna che non l'aveva letto. Pazienza! Ritirai l'oggettuzzo informe dalle mani dell'artista, e la riaccompagnai il più cerimoniosamente possibile fino all'atrio. Nell'uscire dal Palazzo si rigirò indietro, con un'espressione delusa negli occhi: si capiva che era venuta lì pronta a tutto, e doveva bruciarle non poco l'aver mancato la preda.

La signora Cosulich risalì in macchina; e io, vi prego di osservare, fino ad ora ho raccontato solamente quel che ho veduto, o quasi; inventare, ho inventato poco; ma a questo punto mi accorgo che non potrò seguitare a lungo. Infatti mi verrebbe voglia d'accompagnarla coll'immaginazione nel suo rientro a casa; e anzi, sarebbe ancora più sugoso immaginare come ne era uscita poco prima, ora che sappiamo com'è andata a finire. Quando sei già informato dell'esito, la realtà veste tutt'un altro colore, rispetto a quando ci stai dentro brancolando, senza raccapezzarti affatto. E dunque ora potrei immaginarmi tutto quanto: come s'era lavata, e come s'era profumata; e quanto tempo aveva impiegato nella scelta della giusta combinazione; e magari del reggiseno giusto, che non fosse troppo lungo da sganciare, al momento buono. E chissà se aveva informato qualcuno della sua sortita; il marito, mettiamo pure, sarà stato all'ufficio, ma la figlia? A lei, probabilmente, l'avrà detto: non foss'altro per vantarsi, che intratteneva relazioni con il Comandante. E dunque sarà entrata nella stanza di Cecilia, trovandola... già, come? Vediamo, è una ragazzina malaticcia, quella, dunque le sue giornate monotone le passerà a letto; e lì, si capisce, starà a mangiarsi le unghie, e leggere e rileggere. Che cosa? Ma *Il Piacere,* naturalmente...

Ne discorreremo. La parola è: *linguatica.* Messer Ludovico, aggiugnete alle vostre litanie questa appellazione: *Rosa linguatica, glube nos.*

Ecco, arrivata qui chiude gli occhi e si rilascia all'indietro, sprofondando nel cuscino. Il dito, però, non abbandona la pagina del libro socchiuso. Sull'avorio ingiallito della brossura, il nome dell'autore e il titolo del romanzo sono impressi in caratteri d'un nero smagliante. E lei ha paura di riaprire gli occhi e di vederli. Già così si sente crepare il cuore. Perché, si capisce, Cecilia deve pur essere in preda a un innamoramento infantile e disperato per Gabriele, quante signorine come lei nell'anno di grazia 1920 potevano scamparlo, e a Fiume, poi? E dunque, per lei il libro che ha in mano è pericoloso. Le basta voltarlo per rabbrividire: lì, giù nell'angolo più meschino, un volgarissimo "Lire cinque" usurpa quegli stessi caratteri, quello stesso nero d'ebano. Che infamia che queste parole si vendano, pensa la ragazzina. (Gabriele, be', lui avrebbe sogghignato, e magari aggiunto di suo pugno sotto a quella cifra, tra parentesi: "Non olet"; ma lei non poteva immaginarlo). Si passa la punta della lingua sulle labbra asciutte: linguetta rosa, come d'un gatto. (*Rosa linguatica, glube nos*). E del resto, ci giurerei, anche la camicia da notte è rosa, come le lenzuola e la carta da parati; eppure lei lo odia tutto quel rosa!, ma è stata sua madre a imporlo: per conservarla come un confetto in una bomboniera. «Almeno ti dà un po' di colorito! Non lo vedi come sei pallida?». Cecilia, invece, si stizzisce. Già, perché ora è colpa mia se sono sempre malata; mamma, invece, corre, traffica, mangia, comanda, non è mai stanca. Che a vent'anni si dorme ancora nelle lenzuola rosa, come una bamboccia? (Lei, da un po', vorrebbe dormire in lenzuola viola, funebri e voluttuose, profumate di essenze acute: muschio e belgioino. Lenzuola dove puoi pure avvelenarti, se ti viene la tentazione).

Quel libro, del resto, non è una tentazione continua, una sofferenza deliziosa e interminabile?

«E questo è niente» disse ella ricoprendosi la nudità spettrale. «*Chica pero guapa*; è vero, Musèllaro?». Ed accese la decima sigaretta.

A Cecilia, è ovvio, viene subito voglia di fumare: ma in casa non può, la mamma sentirebbe l'odore. La sua disgrazia è d'aver finito la scuola. Dovevo farmi bocciare, tanto a che mi serve quel diploma miserabile, e almeno lì fumare era facile, una sigaretta ci scappava ogni mattina! Ora, invece, le tocca comprarne poche alla volta, dal tabaccaio giù a Porto Barros, e tenerle nascoste nel portacipria, per fumarle con avidità quando le passeggiate o le compere la portano lontana da casa, in quartieri dove nessuno la riconosce. A questo punto le scappa fuori un mugolio di ribellione, tanto la voglia le scava dentro. Se non mi facessero così male le gambe, uscirei ora, subito, senza una scusa, voglio vedere chi mi fermerebbe. E invece so già che oggi resterò inchiodata qui, sola con le mie voglie. E con questo libro affatturato che me le fa diventare ancora più cattive...

E dunque si ributta a leggere, immergendosi con cupa determinazione nelle parole di Gabriele, che le entrano nel sangue, se n'è convinta da tanto tempo!, come un veleno. Le piace tanto quell'idea d'essere avvelenata dalle parole, le parole di Lui, poi! («... non crema e cioccolatte, ma superliquefatte / parole del D'Annunzio» ha scritto quell'altro. Ma lei, ci giurerei, non l'aveva letto). Ogni tanto deglutisce, e chiude gli occhi. Ogni tanto si prende un capezzolo fra due dita, sotto la camicia rosa, e lo pizzica con cattiveria, con le unghie, fino a sbiancarlo. Già! Facevano questo effetto, allora, i libri di Gabriele. Così su due piedi non saprei dire perché, e del resto non li ho mai più riletti da chissà quanti anni: certo da prima dell'Edizione Nazionale. Io avevo l'*editio princeps* della maggior parte, con dedica autografa: dico avevo, perché anche quelli sono andati giù con tutta la casa nei bombardamenti. Ma comunque le donne ci trovavano qualcosa che noialtri non ci vediamo più, perché è chiaro che non s'entusiasmavano mica per la mirabile sonorità, o la rarità delle parole, no: ci trovavano ben altro, abbastanza da spappolargli il cervello a tutte quante. Una droga!, e il segreto l'aveva distillato soltanto lui: da far invidia a mezzo mondo. Io credo anzi sia nato soprattutto da questo, fra i letterati nostrani, quello che lui chiamava ridacchiando lo strano animale dai molti piedi e dalla lunga coda, l'antidannunzianesimo: dallo schiattar di rabbia di tutti que' pedestri, per i deliquii in cui lui sapeva farle cadere tutte.

Specialmente quelle malaticce: per forza!, aveva anche inventato questa trovata geniale, di farle sentire più desiderabili d'una ragazzona ben nutrita... La stanza dove legge Cecilia, per esempio: è buia, gli scuri accostati, esangue il lume sul tavolino da notte, dietro il suo paralume rosa: la stanza d'una malata, e lei ci si crogiola. Le gambe, poi, le fanno male davvero, ma i dottori non ci capiscon nulla: chi parla di vertebre, chi di ner-

vi. Le hanno consigliato di tutto, il nuoto, la ginnastica, la cura elettrica; ma non se n'è mai fatto niente. Sono malata, si dice lei, facendo spallucce! E nel silenzio della stanza ovattata si ode soltanto il rumore delle pagine voltate, della carta che fruscia. Le parole velenose le attraversano la carne, dalla testa si riversano giù nel corpo, fino all'attaccatura delle gambe. Lui le ha scritte con la penna d'oca, in una di quelle notti di furia in cui ne può consumare anche venti, anche trenta, di penne, tanto ha la mano pesante, e impeto virile nell'atto dello scrivere.

(Cecilia, tutto questo, l'ha letto in un'intervista, nella «Domenica del Corriere». E ora quel ritaglio sta in una cartellina profumata e chiusa con un nastro, giù in fondo al più segreto dei suoi cassetti; insieme ad altri ritagli della stessa natura, e fotografie con dedica stampata, come si vendono pubblicamente a Fiume dopo l'Armistizio. Ed ecco una cosa interessante: io fino a un momento fa di questo ritaglio e questa cartellina profumata non ne sapevo proprio niente; non sono certo io che l'ho previsto un particolare del genere, s'è imposto, per così dire, da sé. Aveva ragione Gabriele, quando mi diceva che scrivendo un libro non c'è bisogno d'inventare nulla, i personaggi decidono loro stessi quello che faranno, il difficile, semmai, è d'impedirglielo...).

«Cecilia! Io esco. Come vanno le gambe?». La voce della signora Cosulich irrompe così improvvisa che Cecilia sobbalza; e nasconde in fretta il libro sotto le coperte. Guai se la madre sapesse cosa legge; davanti a lei, i libri di D'Annunzio non debbono neppure essere menzionati, benché poi, guarda un po' la contraddizione!, del grand'uomo si discorra tutti i giorni. Una volta, per sbaglio, la mamma a tavola ha azzardato un commento, ha chiesto al padre che cosa ne pensava, lui, di un certo episodio un po' scabroso, di un tal personaggio perfin troppo avventuroso; lui l'ha zittita subito, con un'occhiataccia («Por-no-gra-fia!»). Così, i libri di Gabriele Cecilia li sottrae di nascosto dallo scaffale, li legge di furia e col cuore in gola, l'orecchio sempre teso a sentire se qualcuno rientra. Ma è vero che il bisogno di nascondersi lo sentirebbe lo stesso, quand'anche fra le mani avesse il libro *Cuore*; perché sono le intrusioni della madre a farla comunque smaniare. Perché deve entrare così in camera mia, senza nemmeno bussare? Perché questa porta non ha la chiave, che le altre stanze ce l'hanno tutte? Perché lei deve sapere cosa leggo? Sono cose mie!, pensa stringendo i denti, gli occhi già pieni di lacrime. E la madre, prosperosa quarantacinquenne, le pare una vecchia strega orribile.

«Sai? Vado a trovare il Comandante, gli porto un regalo. Volevo darglielo già l'altro giorno quando è venuto a pranzo, poi mi sono dimenticata. Che ne dici, gli piacerà?». La madre le mise sotto il naso la famosa ciotolina di ceramica, e attese un elogio. Cecilia la guardò con odio. Ecco: tu vai da lui, e io non posso. E vieni anche a dirmelo, così adesso avrò anche la gelosia a tormentarmi, non più soltanto la voglia. La mamma va da Lui e io no, la mamma gli parla e lo guarda e io devo serrare gli occhi per vederlo, la mamma ha le tette grosse e io invece le ho piccole, e Lui non le toccherà mai. Perché?

«Mamma, cosa vuoi che se ne faccia del tuo coccio, ci darà da mangiare al gatto» disse con cattiveria.

«Non capisci niente» ribatté la signora Cosulich. «Vedrai che gli piacerà. Tu resta a letto tutto il giorno, mi raccomando!» aggiunse con sarcasmo. «Malata immaginaria!».

Crepa, pensò Cecilia; e si voltò verso il muro, perché non la vedesse piangere.

A questo punto, bisognerebbe magari descrivere il ritorno della signora Cosulich dal suo fallimento: la cena carica di tensione, alla villa, durante la quale la padrona maltratta più del solito la domestica Angiolina; il senatore, senza capire perché la consorte stasera sia così nervosa, evita comunque di intromettersi e se ne sta dietro la barba a badare agli affari suoi; e Cecilia, se pure è scesa a cena, si rode per la gelosia e la rabbia impotente. Lei, infatti, quello che sappiamo noi non lo può sapere, e il comportamento della mamma, così palesemente insolito, non l'aiuta: che oggi sia successo qualcosa è evidente, ma cosa? In ogni caso, è ben lontana dall'immaginare quel che è accaduto davvero, l'ostilità per la madre e la gelosia la inducono piuttosto a immaginarsi il contrario, cioè il peggio. L'immaginazione sovreccitata insiste a mostrarle congiungimenti carnali che la soffocano di disperazione e di disgusto: già il corpo della madre le ripugna da solo, figurarsi poi immaginarlo con Lui. E dunque, quando s'addormenta, è per dormire d'un sonno nervoso e cattivo, coi pugni stretti, e popolato d'incubi; per poi risvegliarsi di soprassalto, nel pieno della notte, stravolta e madida di sudore.

L'ultimo sogno era così vivido che per un po' Cecilia rimase sotto l'illusione d'averlo vissuto davvero; e del resto a lei i sogni lasciavano sempre quest'impressione tenace: da faticare, poi, a ripulire la realtà dalla loro bava. Le avevano forzato dentro qualcosa, per tormentarla, ma non ci riuscivano, anzi lei ne voleva di più, di più: ed erano tutti sgomenti. Perché non trionfasse, allora, avevano cominciato a stringerle la gamba tra stecche di legno; e avvitavano. Questo faceva male, e lì Cecilia si svegliò, mentre l'esaltazione che l'aveva riempita si dissolveva in un senso di spavento. Prudentemente inarcò la gamba, spinse la mano fino al ginocchio, s'accarezzò la zampetta offesa. Faceva ancora più male di ieri. La notte, tutt'intorno, era silenziosa, cupa. E d'un tratto l'altro dolore l'invase: intollerabile, questo. Come aveva fatto a dimenticarsene? La mamma è stata fuori tutto il giorno, da Lui... Piangendo di rabbia, Cecilia scosse forte la gamba, scalciò addirittura sotto le coperte, perché il male che le torceva il muscolo scacciasse quell'altro male. Strinse i pugni nel buio, e attese: ma il dolore alla gamba non aumentava più, e non scacciava proprio niente.

Nella stanza chiusa le sembrava di soffocare. Saltellando su un piede solo trovò la vestaglia, se l'infilò sulla camicia da notte, raggiunse la finestra e scostò le tende. Attraverso le stecche di legno delle persiane filtrava la luce della luna. Cecilia aprì un vetro, con cautela, perché non cigolasse, e stringendosi nella vestaglia, per ripararsi dalla folata di freddo che l'aveva investita, allontanò una delle imposte. S'affrettò a richiudere la finestra. Ora era diventata visibile una striscia di giardino. Le foglie ingiallite dei platani brillavano alla luce lunare, e la ghiaia del viale pareva d'argento. Quand'era bambina raccoglieva la finissima sabbia azzurrina che si depositava sotto quella ghiaia, persuasa che fosse davvero preziosa; una volta ci aveva riempito la tabacchiera di suo padre. Col tabacco, invece, aveva preparato un infuso, e in quell'acqua giallastra aveva introdotto una formica catturata, per vedere se davvero, come ripeteva sua madre, il tabacco fa male. La formica aveva nuotato a lungo, zampettava nell'acqua con grande vivacità, il tabacco non faceva male per nulla. Vorrei essere morta, pensò Cecilia. Si guardò le mani magre. Perché sono così brutta? «*Chica pero guapa*»; io no, invece. Lui non mi ha neppure guardata. Se gli parlassero di me, non si ricorderebbe neppure chi sono. O forse direbbe, ah sì, la figlia di quella là...

Disperata tornò accanto al letto, accese il lume, sedette allo scrittoio, trovò in fretta un foglio di carta da lettere lilla e cominciò a scrivere furiosamente. Quand'ebbe coperto un'intera pagina, senza quasi staccare la penna dalla carta, si arrestò di colpo, con una smorfia cattiva. Lentamente posò la penna, accartocciò il foglio con entrambe le mani, fece per buttarlo nel cestino; ci ripensò, e lo ridusse minuziosamente a brandelli. Spense la luce, si mosse verso la porta, la socchiuse senza rumore e scomparve. La stanza rimase ad attenderla, immersa nella luce lunare.

L'attesa non fu lunga. Cecilia ritornò, i piedi freddi per aver attraversato tutta la casa scalza, stringendo un gonfiore sotto la vestaglia. Giunta accanto al letto, liberò la bottiglia di cognac e la posò sul comodino; poi andò a richiudere le imposte e si rifugiò sotto le coperte. Svitò il tappo e bevve. A giudicare dall'agitarsi del liquido nel vetro, non ce n'era più molto, di quel Napoléon. Pazienza, pensò esaltandosi, se non basterà il cognac userò la bottiglia, anche quella serve per calmare l'angoscia. Ma non è noto se la bottiglia sia poi stata davvero adibita a quell'uso, perché il cognac alla fine bastò, o almeno Cecilia non ebbe mai coscienza che non fosse bastato. Serbò il ricordo, questo sì, d'aver preso una decisione, che altrimenti non avrebbe mai avuto l'animo di prendere. Ci andrò anch'io da Lui, pensò. Domani. O dopodomani. Che importa? L'unica cosa importante è che la decisione sia presa!

Lontano, in un pollaio d'assi col tetto di latta, nel cortile d'una casupola di campagna che la città aveva raggiunto e risparmiato, dove abitava il custode disoccupato del Silurificio, un galletto pidocchioso si scosse, aprì prima un occhio poi l'altro, fece tremolare la cresta mezzo strappata in battaglia e decise ch'era ora di riaffermare i suoi diritti sul mondo. Raccolse il fiato, gonfiò il collo e cantò.

4
Philtrum Niveum

Fiume dormiva, sotto la pioggia battente che stamburava sui tetti e sui comignoli, e finiva di strappar via le foglie gialle ai platani dei viali. Pure i legionari dormivano, sui pagliericci scomodi, nelle case dov'erano acquartierati: chi da solo, e chi no. Alla Riva della Fiumara erano rimaste le ultime ragazze, le più derelitte: quelle che non avevano da pagarsi una camera, o temevano le botte tornando a casa a mani vuote. Fra tante trattorie una sola era ancora aperta, ma lì, all'Ornitorinco, ci avevano fatto il callo oramai, con quel cliente fisso che non andava più a dormire. Veramente l'Ornitorinco si chiamava il Cervo d'Oro, ma Gabriele, quando l'aveva scoperto, s'era messo a ridere e additando l'insegna, dipinta da qualche pittore di paese, aveva sentenziato: pare piuttosto un ornitorinco; e il nome era rimasto. Qualcuno, poi, aveva trafugato dal museo di storia naturale del Ginnasio un ornitorinco impagliato, mezzo mangiato dalle tarme, come capita in questi musei che son poi degli stanzoni soffocanti di polvere, dove nemmeno gli imperialregi professori mettevano più piede da chissà quanti anni; e la bestiaccia orrenda, rôsa e spelacchiata, troneggiava da allora in mezzo al tavolo. Il gran becco convesso e luccicante pareva un'allusione alla calvizie del Comandante: ironia di cui una volta lui stesso s'era pubblicamente compiaciuto.

Al momento, accanto all'ornitorinco impagliato stazionavano un cratere pieno di code e rimasugli di scampi, e una batteria di bottiglie vuote di champagne: Piper Heidsieck, s'intende. (Le altre marche, a Gabriele, davano il brucior di stomaco). Ne avevamo vuotate più del solito, e si vedeva. All'arrivar lì, eravamo tutti alquanto abbattuti per la notizia della firma del trattato con la Jugoslavia, a Rapallo. Stavolta Giolitti ci aveva mollati davvero, e quel che sarebbe accaduto d'ora in poi, il cielo lo sapeva. Ma il Comandante, coll'aiuto del Piper, ci aveva rianimati tutti. A Fiume c'eravamo noi, e non sarebbe stato così facile toglierci di lì, perdio!

«Ora si vedrà chi è nato di buona mamma!» esultava Gabriele. «Son buoni tutti a far la maffia in piazza colla ragazza al braccio e il fez sulle ventitré, o a russare colla pancia piena di sciampagna!».

Lanciò un'occhiata ironica a un paio d'aviatori che sonnecchiavano abbracciati, le giubbe della divisa mezzo sbottonate, una guancia mal rasata accostata a una guancia imberbe. Qualcuno ridacchiò, ma i due non si smossero.

«Certi giovani d'oggi paion femminucce» mi sussurrò all'orecchio Gabriele. «Per carità, niente di moralistico. Qui ognuno è libero di cercare il paradiso a modo suo. Ma di', credi che alla mia età quei due lì avranno ancora di questi muscoli?».

Io sorrisi, ché conoscevo il mio pollo.

«Fa' un po' sentire».

Gabriele, compiaciuto, si sfilò la giacca e arrotolò la manica della camicia.

«Senti qua, palpa! Eh?».

Qualcun altro si offrì di toccare a sua volta: lo sapevano tutti che al Comandante piaceva esibire i muscoli.

«Eh?» ripeteva. «E questi qui dormono!».

«Ci andrei anch'io, a dormire» sbadigliai; ma lui sogghignò.

«Ti ci metti pure tu! Ma che sugo c'è a dormire? In una notte come questa!».

«Perché, che cos'ha questa notte?» protestai.

«È magica» decise Gabriele, d'improvviso. «Senti un po', piove ancora?».

M'affacciai alla porta della trattoria: per piovere, pioveva. Altro che notte magica. Insistei per tornarcene a casa; e vidi che esitava. Tornare a casa: già, prima o poi bisogna. E andare a dormire, anche quello tocca farlo, ché la macchina altrimenti s'ingrippa. Un errore di progettazione, è chiaro. Ma capivo che non ne aveva nessuna voglia. Non ora, decise bruscamente. Era o non era il Mago?

«Aspetta! Ti dico che spioverà» vaticinò. «Non lo annusi anche tu nell'aria?».

«Io annuso solo la frittura» ridacchiai.

«Spioverà» insisté Gabriele, irritato per la mia melensaggine. «Guarda, scommettiamo. Se fra cinque minuti non ha smesso di piovere, ce ne andiamo a dormire. Ma se spiove usciamo in cerca di avventure».

«Ma che avventure vuoi cercare? Non c'è più nessuno in giro a quest'ora!» mi spazientii.

Il Comandante levò il mento aguzzo e corrucciò le labbra. S'era quasi offeso. Ma dietro la caramella l'occhio gli brillava.

«È una notte magica, ti dico» ripeté.

Sospirai.

«Va bene, tanto lo so che è inutile. Ti concedo cinque minuti. Non uno di più, però». Tirai fuori la cipolla dal taschino, e m'appoggiai colle spalle al muro. Da lì potevo guardar fuori senza perdere di vista la tavolata.

Il ticchettìo dell'orologio risuonava nella stanza silenziosa. Quasi tutti ora sonnecchiavano, la testa fra le braccia, chini sul tavolo. Chi era ancora sveglio aspettava di vedere dove avrebbe menato la scommessa, e nessuno aveva voglia di parlare finché il Comandante non avesse rotto il silenzio per primo. La pioggia batteva ostinata ai vetri delle finestre.

L'oste s'affacciò, stupito da quel silenzio: ma vide che il Comandante era ancora a capotavola, dritto e rigido, colla caramella all'occhio, e batté in ritirata.

Uno dei due aviatori che dormivano abbracciati borbottò qualcosa nel sonno, e cacciò più profondamente la mano sotto la giubba sbottonata dell'altro.

L'orologio ticchettava. Il suo battito e quello della pioggia eran gli unici rumori. Poi la pioggia, da un momento all'altro, rallentò e tacque. Mi staccai dalla parete cui ero rimasto appoggiato, rimisi la cipolla in tasca e spalancai la porta.

«Non piove più» ammisi.

Gabriele si fregò le mani.

«Te l'avevo detto. Non mi credi mai» aggiunse. Poi squadrò gli ufficiali seduti a tavola.

«Si rientra!» urlò d'improvviso, con voce stentorea. «Svegliate tutti questi morti di sonno e vedete di farli arrivare a casa. Noi due ce ne andiamo per conto nostro. Buona sera» concluse, avvolgendosi nella pelliccia che l'oste s'era affrettato a presentargli. Si calcò in testa il cappello da alpino.

«Vieni?» m'invitò. Io mi strinsi nelle spalle; volevo obiettare, ma le mie parole si persero nel fragore della porta sbattuta dietro di noi.

Fuori, poiché Gabriele non dava segno d'aver sentito, ripetei quel che avevo detto.

«Ma sarà poi prudente, andare in giro così da soli di notte? Qui c'è chi ti accopperebbe volentieri».

Lui ebbe un risolino.

«Ma va'. Non vedi com'è scuro? Nessuno mi riconoscerà».

Speriamo in bene, pensai. Certo è che la coccia ce l'ha tosta per davvero.

A dire la verità, faticavo a tenergli dietro, cogli stivali che sdrucciolavano sul selciato bagnato. Poco più avanti, un lampione fioco illuminava appena un'altra piazzetta deserta...

Anzi no, non era deserta. C'era uno che l'attraversava barcollando, senza cappello. Un ubriaco, giacché cantava. All'aspetto non si capiva se fosse un civile o un militare. Avvicinandosi, vidi che portava una vecchia giacca grigia d'uniforme austriaca, collo strappo sul colletto, dove erano state scucite le mostrine.

«Ecco un uomo felice» sogghignò Gabriele; io, per me, avrei preferito girare al largo, ma lui s'ostinò: «Ma di cos'hai paura? Vedrai che non mi riconoscerà».

Ormai eravamo sbucati nella piazza, sotto la luce fumosa del lampione. Vedendoci comparire lì davanti all'improvviso l'ubriaco ci squadrò, perplesso; poi strabuzzò gli occhi, e allargò un sorriso sdentato.

«Viva il Comandante Gabriele d'Annunzio!» urlò con voce sgangherata.

Gabri non si scompose. Gli si fece sotto, invece, e lo squadrò di sotto in su.

«Cosa dici mai?» lo rimproverò a bassa voce. «Non vedi che non sono io?». E mentre l'altro arretrava sbigottito, aggiunse con aria di mistero:

«Sono mio figlio!».

L'ubriaco si grattò la testa.

«Ah, be'! Se è così, mi scusi, signorino! E tanti saluti al suo papà!» concluse; e si allontanò vergognoso. Non cantava più. Il suo passo zoppicante si perse fra le calli.

«Vedi?» disse Gabriele, fregandosi le mani. «Te l'ho detto che è una notte magica! Vedrai, ce ne capiteranno delle belle».

«Speriamo di no!» borbottai. E intanto mi dicevo, guarda, pensa ancora a suo figlio, chi l'avrebbe detto? Da quando è ripartito non l'ha più menzionato nemmeno una volta! Veniero d'Annunzio era capitato a Fiume poche settimane prima, s'era fermato solo qualche giorno, il suo *business* lo reclamava altrove: un americano tondo e gioviale, col passo scattante che laggiù, a quanto pare, usano tutti quanti, l'occhio sempre all'orologio e la mano al portafoglio, eppure disposto a interessarsi di tutto, a ridere a gola spiegata, fischiettando l'ultimo *ragtime*. Che quell'americano potesse essere il figlio del Comandante, più d'uno fra i legionari non aveva voluto crederlo: e lui pure, Gabriele, lo squadrava con benevola perplessità. Pareva dire: vedete? Pure questo ho fatto in vita mia, ho scodellato un *businessman*, che vive laggiù e fabbrica quattrini, e a nessuno importa niente che si chiami D'Annunzio! Era stato il primo a sghignazzare, quando Veniero aveva raccontato d'aver sentito una volta, in una carrozza ferroviaria, una vecchia signora che leggeva il giornale rivolgersi al marito: «By the way, who's Gabriele d'Annunzio?». E il marito, che non voleva confessare la sua ignoranza: «You've never heard him? Such a beautiful voice!».

Intanto eravamo quasi alla Riva della Fiumara.

«Cosa dicevi, che non c'era più nessuno in giro?» mi rinfacciò Gabriele, con un gesto perentorio. Infatti sul marciapiede deserto era apparsa una ragazza, poi un'altra: le attirava il rumore degli stivali che battevano il selciato.

«Volè venir con mi?» mormorò la prima creatura, con un filo di voce; poi la tosse glielo spezzò. Tossì coprendosi la bocca con le mani, lì in piedi, misera, uno scialletto sulle spalle magre.

«Ma io a te ti conosco!» dissi. «Non sei la Delfina?».

«Sì che so' la Delfina!» ammise la ragazza, stupita, appena fu riuscita a ricacciare la tosse. «E vu chi si'?». Ma bastò che s'avvicinasse un po' di più perché battesse le mani per la gioia.

«Ma ti xe Tom! El mio bel capitan!».

«Ma com'è che sei capitata qui? E in che stato!» mormorai, confuso, vedendo gli stracci che la ragazza aveva addosso, i capelli sfatti, e le mani arrossate dai geloni.

«Sai com'è» disse lei, con un velo d'imbarazzo. «Lavoro no lo go mai trovà, go continuà a far... quel che fasevo zo a Feltre. E tuti diseva che qui a Fiume ghe xera da vagnar ben. Ma no xe vero niente. De sghei no ne core gnanca qua».

Il Comandante assisteva a questo colloquio con un sorrisetto sardonico; e s'aggiustava il monocolo.

«Niente, questa è Delfina» spiegai; e intanto le facevo segno di farsi avanti. «È una profuga. L'ho incontrata a Feltre un po' di tempo fa, verso la fine della guerra».

«Sì, sì, ho capito» disse in fretta il Comandante, ancor sempre con quel sorrisetto antipatico.

«Ma ti, ti sercavi compagnia, Tom?» insisté la ragazza, stringendosi ancora di più a me, e senza badare a Gabriele; allora capii che non l'aveva riconosciuto, per lei era un intruso qualunque.

«Be', può anche darsi. Sai, mi hanno predetto che questa sarebbe stata una notte magica» risi, «e vedi che avevano ragione, ci siamo ritrovati. Ma devo chiedere il permesso al Comandante».

«Che Comandante?» protestò lei, voltandosi stizzita verso l'ometto col cappello da alpino. In quel momento, però, lo riconobbe.

«Oh!» seppe soltanto dire, confusa, mentre si portava le mani alla bocca.

«Hai visto, te l'avevo detto che non mi avrebbero riconosciuto» osservò Gabriele, in tono agrodolce. «Bellina la tua amichetta» aggiunse. «Che si fa, la si porta con noi?».

Io allargai le braccia.

«Perché no, dopo tutto? L'hai detto tu, che era notte di avventure!».

«Ma non intendevo esattamente di questo genere». Non capivo se la prospettiva gli apparisse o no sgradevole.

«Ma mi... ma io non saprei» disse Delfina, incerta.

«Sta' tranquilla, non ti mangia mica. Ti mangio io» aggiunsi a parte; per conto mio m'ero già deciso, mi stava crescendo addosso la voglia. Però dovevo stare attento, Gabriele era capace di certi scherzi! C'era un solo modo di mettersi al sicuro. «Non ce l'hai un'amica?»» sussurrai.

La ragazza s'illuminò.

«Oh, sì sì! Ghe xe sta poareta che no ga coragio de farse avanti, la se vergogna dei omeni, ma se non la lavora, quando che la torna a casa i la copa de bote. La xe brava, ti vedarà»»; e fece cenno all'altra ragazza, che era rimasta nell'ombra fino allora. Quando si fece avanti, vidi che era anche lei misera, lo scialle strappato, i capelli fradici di pioggia. Giovane, però.

«Ah, bene, avete deciso tutto voi» disse il Comandante. Nonostante il tono beffardo, sapevo che era soddisfatto. «Ma a Palazzo non sarà il caso di portarcele, in questo stato. Sai che si fa? Si torna all'Ornitorinco, che hanno quelle stanzette al primo piano. Le conosci, no?».

«Come no!» risi.

Ci avviammo per le calli deserte. Delfina cantava, allegra. L'altra ragazza non aveva detto una parola: quando le avevamo proposto di seguirci, aveva fatto cenno di sì col capo; e ora veniva per ultima, a occhi bassi.

«Be', cos'hai?» le domandai dopo un po', rallentando il passo.

«Mi? Me vergogna» mormorò la ragazza, con un filo di voce.

«Non badarghe, no la parla gnanca italian, la xe s'ciava, no so gnanca mi da dove che la ariva, da lontano, me pare. Però la xe brava. La se vergogna solo un pocheto, ma alo scuro xe brava» intervenne Delfina.

«Andiamo bene!» borbottava fra sé il Comandante.

L'oste dell'Ornitorinco non tardò a riaprire, ossequioso, benché mezzo insonnolito. Chiese se doveva portare da bere, da mangiare. Risultò che le ragazze avevano fame, eccome! Mezz'ora dopo eravamo un'altra volta a tavola, in una delle stanze di sopra, al lume scarso d'una lampadina che pendeva dal soffitto, e le ragazze vuotavano ciascuna un piatto di gnocchi: quelli di pane acido, colla paprica e il burro rancido, e la susina in mezzo. Non erano abituate allo champagne, a tutt'e due era venuto il singhiozzo.

«Come so' contenta che te go trovà, Tom!» badava a ripetere Delfina.

L'altra inghiottiva, vorace.

«E tu come ti chiami?» volle sapere Gabriele.

La ragazza sbarrò gli occhi.

«Mi?».

A bocca piena, mormorò un nome incomprensibile.

«E ti pareva»» borbottò il Comandante. Guardava la creatura, coi capelli sfatti e le guance lucide di febbre, e d'improvviso un pensiero molesto gli attraversò la capa: potrei essere suo nonno. Bel ragionamento da fare a quest'ora, si disse, con un sogghigno. Si voltò a cercarmi, ma non trovò il mio sguardo: ero troppo occupato a riallacciare l'antica amicizia colla profuga, nata nei casamenti abbandonati di Feltre, colla fila fuori: di bersaglieri.

«E questa s'ingozza di gnocchi!».

Preso da un subitaneo furore, Gabriele afferrò l'innominata per il polso magro, se la tirò dietro nell'altra stanza, si chiuse dietro la porta.

Quel che successe là dentro, Gabriele me lo raccontò solo in parte, ma io me la sento di riempire anche gli spazi vuoti delle sue reticenze.

C'era soltanto un divano, lì, polveroso ma comodo; e un tavolino con una sedia spagliata, accanto alla finestra. La luce elettrica non ce l'avevano messa. Il Comandante accese la lampada a petrolio sul tavolo.

«Su, spogliati» disse, quasi brusco.

«No a la luce» disse la ragazza, in tono scontroso. Gabriele sospirò e spense la lampada; dalla strada, il chiarore d'un lampione illuminava a malapena la stanza, ma il divano era nell'ombra.

«Be', adesso puoi spogliarti» ripeté il Comandante.

La ragazza obbedì. Non ci volle molto. Lasciò i suoi stracci sul pavimento e si rannicchiò sul divano.

Gabriele cominciò a spogliarsi a sua volta. Buttò la pelliccia sullo schienale della seggiola. La ragazza aspettava, tremando leggermente. Faceva freddo, infatti.

Anche la sua carne era fredda. Dopo un po', il Comandante si disgustò dell'esercizio. La ragazza non diceva una parola. Docile, per carità: si lasciava guidare e non protestava mai. Fatto sta che dopo poco gli era passata la voglia.

Saltellando a piedi nudi sul pavimento gelido, frugò nelle tasche della giubba ripiegata sul tavolo, cavò fuori una scatolina. Rabbrividì, si buttò la pelliccia sulle spalle, sedette sulla sedia spagliata. Poi dispose sul tavolo una cartina argentata e una cannuccia: un filtro di sigaretta: quelli sottili, di cartone, delle *papirose* russe, che alternava con le Abdulla. Aprì la scatoletta, versò un po' di polvere sulla carta. Mentre armeggiava, un movimento brusco gliela fece spargere un po' dappertutto.

«Mannaggia!».

Finalmente riuscì a concludere quel che voleva. Respirò profondamente, colle narici che bruciavano. La ragazza, accoccolata sul divano, lo osservava con diffidenza.

Il Comandante sorrise.

«Philtrum Niveum!» annunciò, a voce bassa e solenne.

La creatura non disse nulla.

«Ne vuoi anche tu?» offrì Gabriele, accennando al tavolo. Si figurò quei sacerdoti antichi che introducevano le adepte ai misteri. Non era lui l'Orbo veggente?

Questa volta la ragazza fece segno di no con la testa. Sembrava spaventata.

«Come vuoi!».

Ora l'esercizio gli dava più gusto. Sarà che il corpo legnoso della ragazza gli si mutava fra le mani seguendo la fantasia, come creta: le gambe, in un istante, s'erano fatte più grasse, più morbidi i fianchi, perfino il colore del pelo cambiava. L'annusò, goloso, cercando un odore conosciuto. Era lì, annidato nell'ascella. Ringraziò mentalmente il filtro che gli consentiva ogni notte queste magie, e gli levava ogni ragione di rimpianto. La ragazza si lasciava maneggiare, ubbidiente. Ora gli pareva che s'ingrossasse sotto di lui: il corpo maturava, le mammelline appena spuntate diventavano due grappoli potenti; e i capelli si facevan rossi, e i lineamenti più duri...

«Eh no, perdio!».

Faticò per scacciare l'immagine tremenda della signora Cosulich che chissà come s'era insinuata nel suo gioco. Sudava freddo: era la prima volta che il filtro gli si rivoltava contro a quel modo, evocando dalle ombre l'incubo anziché l'estasi. Spezzato il filo, però, e da una Parca come quella!, non era facile riannodarlo. Irritato, volle spingersi ancora più in là, in spregio a quel corpo che gli si era trasformato così malamente sotto gli occhi. La ragazza, tanto, subiva tutto senza protestare. Le scappò un gemito, però, mezzo soffocato dai cuscini dove l'aveva costretta a schiacciare la faccia.

«Fa male?» chiese il Comandante, con cauta soddisfazione.

«Un pochino... Ma per te piacere...» rispose la creatura, sforzandosi di sembrare allegra.

Erano le prime parole che le sentiva dire dopo che s'era spogliata, e gli piacquero. Tanto, anzi, che l'esercizio finì subito. Ansante, si levò e andò a cercare una sigaretta. Non aveva più freddo. Sostò davanti alla finestra, cercando di capire se fuori aveva ricominciato a piovere. Sarà quasi l'alba, pensò. Non aveva voglia di dormire. Dietro di sé udiva il respiro della ragazza, affannoso dapprima, farsi più regolare. Quando si voltò s'era addormentata, rannicchiata nell'angolo del divano, le gambe strette fra le braccia per scaldarsi. Il Comandante raccattò la sua pelliccia che era scivolata per terra, coprì la ragazza e le passò una mano paterna fra i capelli ispidi. Poi cominciò a rivestirsi, e sedette al tavolo, aspettando il mattino. Nella stanza accanto sentì per un po' ridere Delfina, poi più niente. Aveva rimesso via la scatolina e tutt'e cose. Era stanco, ma gli sembrava di non avere affatto sonno. C'è qualcosa su cui dovrei riflettere, si ricordò, ma cosa? Ah sì, maledizione: a Rapallo, a Rapallo hanno firmato, il vecchio boia labbrone s'è accollato anche quest'altra infamia; ma noi terremo duro anche da soli, e non solo terremo duro, ma marceremo: su Trieste, e da lì su Roma. E a noi si uniranno tutti gli arditi d'Italia, colle medaglie al petto, chi in bicicletta, e chi sui camion: tutti a Roma a far pulizia, sì, a far pulizia...

La luce cominciò a filtrare dalle persiane accostate, e Gabriele si svegliò. Mi sono addormentato!, realizzò, con una punta di dispetto. La ragazza russava, colla faccia sepolta nella pelliccia; ma quando lui si alzò, mezzo indolenzito, e cominciò a girare scalzo per la stanza, sbucò fuori di lì sotto e buttò all'intorno uno sguardo sorpreso. Vide un vecchio calvo, in bretelle e calzini, colla faccia gonfia.

«Che ora xe?» domandò. Pareva allarmata.

«Le otto e mezzo» rispose il Comandante.

«Adeso mi go da andar» annunciò in fretta la ragazza, e si rizzò a sedere. La pelliccia scivolò in basso, lasciandola nuda dalla vita in su. Aveva addosso una strana eccitazione. Gabriele si stupì al vederle gli occhi febbrili, le narici palpitanti. Diavolo, pensò, se non mi avesse detto di no giurerei...

Poi lo sguardo gli corse al ventre della ragazza, e lì si fermò. Proprio accanto all'ombelico fioriva una cicatrice d'una forma impossibile. S'accostò, per vedere più da vicino. La ragazza si guardava attorno spaventata, ma senza trovare la forza di alzarsi. Non capiva che cosa le stava succedendo.

«Ma cos'è?» disse nella sua lingua.

La cicatrice sembrava rimarginata da pochi giorni, e sotto palpitava la carne viva. Aveva la forma d'una stella: come se qualcuno, col coltello, avesse inferto una mezza dozzina di tagli deliberati, crepando la pelle a partire dal medesimo punto.

«La guardi, eh?» disse la ragazza, ancor sempre nella sua lingua. Lo sguardo le si era intorbidito. «C'eri anche tu quando me l'hanno fatta?» continuò. Si confondeva. Il Comandante, al suono di quella voce, alzò lo sguardo e la fissò in volto. Ora avrebbe giurato che aveva annusato la cocaina anche lei. Che si sia alzata stanotte? Ma è un'assurdità, pensò. La ragazza non s'accorgeva del freddo, e si guardava intorno, carica d'un'angoscia senza nome.

«Su, vestiti» mormorò Gabriele, additandole i suoi stracci ammucchiati sul pavimento. La ragazza mise i piedi a terra, e la pelliccia scivolò giù del tutto. Aveva dei tagli anche nell'interno delle cosce: tre per parte. Profondi. Come non me ne sono accorto?, pensò il Comandante; poi ricordò il buio. Ma dov'è che questa qui ha annusato la cocaina?, si chiese ancora, perplesso. Per far qualcosa, si chinò a raccogliere la pelliccia; e tutt'a un tratto capì. Affondò il naso nell'indumento e aspirò profondamente. Ne avrò sparsa per cinquanta lire, pensò, con una punta di dispetto. Bisogna che ci stia più attento!

La ragazza intanto s'era rivestita. Sorrideva fra sé, mostrando i denti.

«Mi go da andar. I soldi!» reclamò, tornando d'un tratto al suo italiano gutturale.

«Come?».

Il Comandante non capiva. Era troppo assorto da quella metamorfosi. La ragazzetta spaurita della notte prima traboccava ora d'energia febbrile.

«I soldi!» ripeté con durezza.

«Ah, già...».

La transazione fu affare d'un istante. La creatura contò in fretta le banconote e le fece sparire nella calza, svelando per un istante, nel bianco delle cosce, quei tre tagli lividi.

«Vado» annunciò, mentre spalancava la porta. Era già sulle scale quando il Comandante s'accorse che pensando a quel corpo sotto il coltello, a come doveva essersi divincolato sotto il coltello, gli era tornato addosso un desiderio feroce e umiliante. Ora la fermo e la faccio tornar su, pensò. Ma quando s'affacciò alla ringhiera la ragazza, ebbra di cocaina, s'era già dileguata.

5
Chiunque il quale

L'ufficiale dei carabinieri era avvolto nel mantello fino ai baffi, e sbatteva gli stivali sul selciato bagnato. Si capiva che aveva freddo, ed era di malumore.

I suoi uomini stavano raggruppati dietro di lui, a occhi bassi, e ogni tanto si guardavano fra loro, ma senza osare alzarli. Erano tre o quattro, non di più, la pistola alla cintura.

Certo anche l'ufficiale aveva la pistola, ma era impossibile saperlo. Se ne stava tutto intabarrato nella mantella scura, funerea, dell'uniforme invernale. Solo quando una piega della stoffa s'apriva un poco lasciava intravedere, sotto, il grigioverde stinto dell'uniforme da campagna, la stessa che portavano i suoi uomini, senza più cambiarla da chissà quanto tempo.

Tutt'intorno ai carabinieri, nella piazza, s'affollavano gli arditi, pure loro in grigioverde, colle mostrine nere. Sotto, i più portavano certi maglioni di lana, fatti in casa dalla mamma o comprati al negozio, e di tutti i colori: perché faceva freddo davvero, era già dicembre. Solo pochi, spavaldi, portavano ancora la camicia aperta sul petto virile: nera, magari.

Sui margini della piazza aveva cominciato ad assieparsi anche la gente: operai in giacchetta e berretto, i pugni cacciati ben in fondo alle tasche, mezzo istupiditi dal freddo; serve di ritorno dal mercato, e anche qualche signora: col cappello a tesa larga, da tenere il volto quasi in ombra, se prima d'uscire l'aveva inclinato come si deve, davanti alla specchiera. Allungavano il collo, per vedere; e qualcuno s'alzava sulle punte dei piedi.

L'ufficiale dei carabinieri pareva non volesse parlare affatto; ma quando due o tre ufficiali degli arditi gli si piantaron davanti con aria di sfida, tirò fuori i baffi e la bocca dalla mantella. Parlavano tutti, ora, o almeno così pareva, dal gran gesticolare; la gente, però, non arrivava a sentir nulla, per il troppo brusio degli arditi che s'agitavano tutt'intorno. I carabinieri, niente: zitti e ostinati, cogli occhi bassi, come se si vergognassero. Ma forse volevano solo tener d'occhio i fardelli, grigioverdi pure quelli, e informi, ma pesanti!, che avevano accatastato per terra nel fermarsi: lì di roba ce n'era, e loro volevano portarsela a casa. Lo sapevano fin troppo bene che in un'occasione come quella, una mano fa in fretta ad allungarsi in mezzo al trambusto; e dopo, chi s'è visto s'è visto, e la tua roba passa in cavalleria. Colle calze di seta comprate per la ragazza, magari.

Anche l'ufficiale, a dire la verità, aveva un bagaglio, ma non era uno zaino né un fagotto di tela, no: era, invece, una meravigliosa valigia borghese, nera, colla serratura d'ottone. Se la teneva stretta ai piedi ed era pure riuscito a coprirla mezza colla falda del mantello, che non desse nell'occhio; ma nell'agitazione del discutere finì per scoprirla, e più d'uno fra gli arditi prese a additarla agli amici, beffardo.

Spirava da quella valigia, da quel cuoio cupo e quelle finiture metalliche, una tale solidità borghese e anteguerra da tenere in soggezione la marmaglia degli astanti; ma al tempo stesso la sua presenza lì comportava un che di misteriosamente impudente, che stimolava l'irritazione collettiva.

L'ufficiale, però, non aveva tempo di badare alla valigia, perché due ufficiali degli arditi, dopo aver molto gesticolato, gli s'erano fatti sotto a muso duro.

«Capitano, non mi costringa a ricordarle che lei e i suoi uomini avete giurato obbedienza al Comandante!» esclamò uno dei due, con voce stridula per l'emozione, e per lo sforzo di farsi sentire dalla piazza.

«Ma davvero! E lei non mi costringa a ricordarle che molto prima di giurare obbedienza al suo Comandante, noi tutti abbiamo giurato fedeltà al re!» ribatté il capitano, con un gesto sdegnoso del mento. «Ed è il governo del re che ora ci comanda di andarcene!» proseguì, cavando teatralmente dalla falda del mantello un foglio tricolore.

Un brusio accolse quel gesto, e molti guardarono per terra. Infatti la piazza era coperta di quei volantini bianchi, rossi e verdi, che un biplano governativo era venuto a lanciare su Fiume quel mattino. (Al generale Caviglia, si vede, dopo la firma del trattato di Rapallo erano giunti nuovi, e più impellenti ordini da Roma: e non gli era affatto dispiaciuto di eseguirli). Più tardi era piovuto, e tutta quella carta colorata aveva cominciato a decomporsi sul selciato sporco; ma il capitano dei carabinieri aveva in mano un manifestino che pareva nuovo nuovo, si vedeva che l'aveva piegato dopo averlo raccolto e se l'era subito ficcato in tasca.

«Qui l'unico che ha l'autorità di rappresentare il governo del re è il Comandante D'Annunzio!» si ostinò l'ardito. «E io le dico che lei e i suoi uomini non ve ne andrete di qui senza un lasciapassare del Comandante!».

«Ah sì? E io le dico che non sarà lei a fermarci!».

L'altro fece un passo indietro e sogghignò, mostrando col palmo della mano gli arditi che mormoravano tutt'intorno.

«Io no, magari, ma loro sì» affermò.

Il capitano dei carabinieri impallidì.

«Tenente, si vergogni! Che disciplina riuscirete a mantenere fra i vostri uomini? Ma già, la disciplina qui è da un pezzo che non si sa più che cosa sia! Bell'esempio che si dà all'Italia!».

Poi si rivolse bruscamente ai suoi uomini.

«Su, ragazzi, zaini in spalla, che ce ne andiamo. A Cantrida ci sono i regolari, fra un'ora siamo fuori da questa gabbia di matti».

«Io le proibisco...» cominciò l'altro ufficiale, che fino a quel momento era rimasto zitto; aveva una gran capigliatura affricana, che pareva arricciata col ferro per come s'allargava vaporosa nel vuoto, e due baffetti appena nati; ma la faccia restava quella d'un ragazzino. Il capitano dei carabinieri lo guardò sprezzante.

«Ma che cosa vuole proibire, lei, con quei capelli! Si vergogni! Un ufficiale italiano!».

Mentre il tenente arrossiva e rinculava, il capitano raccolse la sua valigia. I carabinieri s'erano già affardellati gli zaini. A quanto pareva, la faccenda era risolta.

Fra gli arditi il brusio era sempre più forte. Uno che stava in prima fila, con la palpebra tagliata da una lunga cicatrice biancastra, si chinò a mormorare all'orecchio del vicino.

«Di', tu te lo ricordi quel capitano lì?».

«Me lo ricordo sì» confermò l'altro. «Comandava il distaccamento a Santa Maria La Longa».

L'uomo con la palpebra tagliata accennò di sì a sua volta.

«È un peccato che non l'abbiamo ammazzato come gli altri» mormorò.

Intanto il capitano e i suoi militi avevano fatto qualche passo, ma avevano già dovuto fermarsi. Gli arditi, intorno, rumoreggiavano.

«E allora? Siete soldati italiani o briganti?» urlò il capitano dei carabinieri. «Ve lo dico io, eravate soldati italiani, ma qui siete diventati briganti! Ed è per questo che va tutto a puttane! Ordine, ci vorrebbe! Disciplina! Ma voi non vi ricordate nemmeno più che cosa sono, l'ordine e la disciplina! Povera Italia!».

Un mormorio di derisione corse fra le file degli arditi. Prima uno, poi l'altro cominciò a cantare in tono beffardo e sommesso.

Ma che ordine, che disciplina
carneficina, carneficina...

Il capitano impallidì per la rabbia: l'aria era quella di *Bandiera rossa*.

«Fate passare!» urlò. Gli arditi non si mossero, e sempre incalzava quel coro in sordina.

Ma che ordine, che disciplina
carneficina, carneficina...

Il capitano, livido, tirò fuori la pistola.

«Fate passare o sparo!» ripeté.

Qualcuno fra gli arditi fece un passo indietro. Altri rimasero al loro posto, ma si vedeva che cominciavano a sentirsi a disagio. Erano quasi tutti disarmati. Dietro di loro, però, c'era la gente, anzi ormai s'era mescolata ai soldati. Qualcuno fischiò. Una ragazza si fece avanti e sputò. Lo sputo restò a brillare argenteo sulla mantella nera del capitano, come una specie di decorazione.

«Cecilia! Vieni subito via!».

Una signora grossa e sudata, col cappello nero e vasto come un'ala di corvo, afferrò la ragazza per il braccio. Cecilia volle divincolarsi, ma non ci riuscì; sudata pure lei, col cappello mezzo di traverso, fu trascinata via. Ma intanto altre donne s'erano fatte avanti, sputavano; e qualche operaio cominciava a raccogliere delle pietre.

«Ebbene, che succede?».

La voce nasale e metallica risuonò inconfondibile. Il Comandante era lì, avvolto nel pastrano col bavero di pelo di lupo, il cappello alpino in testa, e benché fosse molto più basso di statura sia del capitano dei carabinieri, sia degli arditi che lo circondavano, riusciva chissà come ad aver l'aria di guardarli tutti quanti dall'alto: sarà stato, magari, per quel modo di tenere i pugni sui fianchi, o per quel vetro che aveva all'occhio...

«Che succede, dico? Capitano, vuole avere la cortesia di spiegarmi?» ripeté, seccato.

«Comandante, le chiedo di sciogliere me e i miei uomini dal giuramento. Noi lasceremo Fiume oggi stesso» disse il capitano dei carabinieri, cupo. La valigia nera era lì, ai suoi piedi. La pistola era tornata a scomparire nelle pieghe del mantello.

Il Comandante lo guardò con curiosità entomologica: si sarebbe detto che invece del monocolo avesse accostato all'occhio la lente d'ingrandimento.

«E come mai lascereste me e i vostri compagni?» s'informò, gelido.

Il capitano, per tutta risposta, gli porse il foglio tricolore. Il Comandante lo prese con due dita della mano guantata, lo dispiegò quasi con ribrezzo, e cominciò a leggere a voce alta e monotona:

> Comando delle Regie Truppe nella Venezia Giulia. Noi, cavaliere di Gran Croce, generale d'esercito Enrico Caviglia...

Abbassò il foglio, si guardò intorno. Tutti pendevano dalle sue labbra. Sodisfatto, si aggiustò il monocolo nell'orbita e riprese:

> ... in seguito alle istruzioni a noi trasmesse dal Regio Governo, ordiniamo a tutti gli appartenenti alle Regie Forze Armate, attualmente dislocati sul territo-

rio dello Stato di Fiume, di rientrare senza indugio sul territorio nazionale e porsi a disposizione dei rispettivi Comandi. Chiunque il quale, pur appartenendo ai ruoli del Regio Esercito o della Regia Marina, non ottempererà alle presenti disposizioni...

Gabriele s'interruppe con un sorriso sardonico. Alzò lo sguardo e fissò il capitano dei carabinieri, mordicchiandosi le labbra; poi lentamente volse l'occhio tutt'intorno, alla cerchia degli arditi e dei civili, cercando specialmente lo sguardo degli ufficiali: che s'erano fatti più vicini.

«Chiunque il quale!».

Al timbro ironico di quella voce, l'ilarità cominciò a serpeggiare fra le file.

«Chiunque il quale!» ripeté, meravigliato e sprezzante. «Capitano, e lei vorrebbe obbedire a un generale che scrive così?».

«Io obbedisco ai miei superiori, e al governo del Re!» affermò seccamente il capitano.

«Ah, davvero!» constatò il Comandante. «Ebbene, invece noialtri qui disobbediamo. Lo sapeva lei? O non lo sapeva? È ben più d'un anno che io disobbedisco. Il verbo obbedire, caro signor capitano, è vecchio, ancorché garibaldino; e i tempi son mutati. Le parole storiche debbon rimanere nei libri scolastici approvati da' superiori. Oggi obbedire a simili ordini vuol dire tradire!».

La folla si riscaldava. Molti arditi s'erano ricordati d'avere il pugnale alla cintura. I militi, temendo ormai non più soltanto per i fagotti, s'erano stretti attorno al loro ufficiale, e soprattutto alla sua valigia. Da cui sembrava emanare una magica protezione: tanto era il rispetto che seguitava a incutere, pur fra i bisbigli, negli astanti.

«Lei, capitano, vorrebbe tradirmi, e tradire Fiume, perché un velivolo prezzolato le ha cacato in testa quel bel foglio di carta, che usurpa i suoi colori! Ebbene, sappia che Sua Eccellenza Caviglia, "Chiunque il quale", ha scritto anche a me. Ecco, ho appunto qui il biglietto, che non è meno disonorevole del suo». E con gesto teatrale cavò da chissà quale tasca del capace pastrano un altro foglio, che giustappose al primo: era piccolo, in confronto, e tutto candido. Il Comandante s'aggiustò il vetro all'occhio e cominciò a leggere, ancor sempre in tono monotono, la lettera burocratica in cui il generale Caviglia, d'ordine del governo, lo invitava a sgomberare Fiume, evitando lo spargimento di sangue. La lettera non mancava d'elogi sperticati: per oliare la supposta. Quasi subito il Comandante incontrò le parole "eroe carsico". Lasciò cadere il monocolo e commentò, beffardo: «Che sarei io». Poi proseguì la lettura, indifferente agli sghignazzi, e conclusa che l'ebbe ripiegò il foglio e lo fece sparire.

«Vede, capitano, che pure a me chiedono d'andarmene, e chiedendolo a me, lo chiedono a tutti loro» soggiunse, indicando con un largo gesto la piazza gremita di divise grigioverdi. «E voi» proseguì rivolto agli arditi, alzando ancor più il tono, e con voce divenuta improvvisamente bronzea, «ve ne andrete voi? Io vi guardo in faccia e vi conosco! Voi siete miei, perdutamente miei, voi tutti avete giurato: siete miei come quei primi che giurarono in Udine il trentuno d'agosto, or è più d'un anno, sopra due bandiere e sopra un'arme corta. Io ho ricevuto ieri questa lettera, e ho risposto stamattina a "Chiunque il quale", che venga a prenderci, se l'osa. La scrittura è di bonissimo inchiostro. Ora bisogna, m'intendete?, bisogna che noi restiamo. Abbiamo la faccia al sole, e il vento del Carnaro ad accenderci la febbre. Alla barra di Cantrida i vostri compagni dispongono già le mitragliatrici. Vorreste voi tradirli?».

La folla urlò, urlava sempre. Fra quella tempesta di «No!», il capitano dei carabinieri e i suoi uomini chinarono il capo. Il Comandante gli si piantò davanti a gambe larghe, i pugni sui fianchi.

«Io non vi sciolgo dal vostro giuramento! Voi resterete qui, a Fiume d'Italia, che avete giurato di difendere!».

Tornò a parlare alla folla. Ma disse solo una frase, bastava.

«A chi la fedeltà?».

«A NOI!» tumultuarono gli arditi in delirio.

Il Comandante si volse verso di me, che ero rimasto per tutto quel tempo piantato alle sue spalle, tutto avvolto anch'io nel mantello grigioverde, e la mano, benché non si vedesse, sulla fondina della pistola.

«Basta ora, andiamo via. Sono stanco».

Risalimmo in automobile. Mentre correvamo verso il Palazzo, Gabriele si tamponava il sudore col fazzoletto sul gran cranio calvo.

«Che fatica! Pensare che ero uscito soltanto per andare a comperare un profumo!» disse poi, con una smorfia.

Io sedevo accanto allo *chauffeur*; mi voltai, e vidi che il Comandante pareva invecchiato d'improvviso.

«Il giorno che non avrò più voglia di farli ballare, se ne andranno tutti» mormorò.

«Alla tua musica balleranno sempre» lo adulai.

«Credi?» replicò, con un fondo di stanchezza che prima non gli conoscevo. «Forse, ma non sai che fatica!» continuò. «Per tenere in riga questa gente ch'è abituata a ballare a tutt'altra musica, e che d'onore e di fedeltà non ha mai voluto sentir parlare! Gli italiani, l'unica musica che hanno nel cuore è quella di Leoncavallo: i *Pagliacci*, è quello lì il melodramma nazionale!».

«Ora sei ingiusto, Comandante» protestai.

«Può darsi, può darsi» mormorò lui. «Sono stanco» ripeté. «Che mi guardi a fare?» soggiunse infastidito, cogliendo la preoccupazione nel mio sguardo.

«Dovresti riposarti».

«Ma la smetti di ripetere sempre la stessa cosa? Me l'hai già detto ieri, tutti me lo dicono! E tu lascia che lo dicano gli altri! Nun me sta' a rompe li chijune pure te!» esclamò, imbronciato.

«Dovresti riposarti» insistei, ostinato. «Guardati allo specchio, ancora un po' e ti romperai tu!».

Sogghignò, l'idea lo divertiva.

«Lo so, lo so, mi ci guardo tutte le mattine, allo specchio. Sembro la mia maschera funeraria, non è così? Ancora un po' e mi dirai che non devo più scendere in mezzo ai legionari, che gli rovino il morale».

«Ti consumi» constatai. «Bisognerebbe che qualcun altro si prendesse un po' del tuo lavoro. Parlare alla truppa, per esempio, saprebbero farlo in tanti. In Russia fanno così, hanno dei commissari in tutte le unità, addirittura nelle compagnie, che non hanno altro mestiere se non di parlare alla truppa, per sollevare il morale. Potremmo farlo anche noi».

«Figurati» rise lui, «già così mi prendono per un bolcévico, ci manca solo che nomini dei commissari alla propaganda! Poi noi non abbiamo bisogno di questo. Non è una buona idea riempire troppo la testa degli arditi: già io parlo troppo. No, invece sai cosa faremo? Al museo Grévin, a Parigi, c'è la mia statua di cera, un Gabriele d'Annunzio perfettissimo, con la caramella, il pizzetto, i baffetti in su. Bisognerebbe mandare qualcuno a trafugarla, e poi potremmo esporla alla finestra del Palazzo, seduta a tavolino, magari anche tutta la notte, per far credere che io sto lì e lavoro; e intanto io potrei riposarmi davvero, chissà, magari anche andarmene via per qualche giorno!».

Poi sospirò, mentre l'automobile imboccava il vialone d'ingresso del Palazzo. «Invece, vuoi sapere cosa succederà? Che quando sarà finita l'impresa, mi farò dare questa statua di cera e la metterò nella mia casa a Venezia, accanto alla finestra, così i gondolieri potranno additarmi ai turisti: guardate, ecco lassù il Poeta! Io, si capisce, mi farò pagare una percentuale sui loro guadagni».

Lontano, sull'Adriatico, s'addensava un banco di nuvole nere, e il vento che s'era levato da poco le spingeva rapidamente verso terra. Si preparava il temporale.

6
La carne del Carnaro

«Non li ha accorciati abbastanza» decretò severamente Gabriele, tastandosi con le dita quell'avanzo di capelli che gli rimaneva. «Ricordami di cercare un altro barbiere. Del resto, uno come quel Mignonneau a Parigi non l'ho mai più trovato. Chissà se c'è ancora, dacché c'è stata la guerra non si ritrova più nessuno». Strabuzzando l'occhio buono davanti allo specchio individuò un pelo che gli dispiaceva, cercò di afferrarlo con una pinzetta, poi con un'altra; ne aveva a disposizione un assortimento, distese in bell'ordine su un drappo verde. Finalmente perse la pazienza, aprì un rasoietto dal manico d'avorio, e decapitò netto quel peluzzo fastidioso.

«Adesso prenderei un bagno» decise, fregandosi le mani. «E intanto vedi un po' se c'è Italo e mandamelo qui, che devo dargli delle commissioni». Italo, di cui forse non si è ancora parlato in queste pagine, era l'attendente del Comandante, un uomo preziosissimo. Benché fosse un burinaccio di Frascati, tutto il suo studio era d'assomigliare al padrone, e credeva d'arrivarci parlando così come Lui scriveva. Italo chiamava Fiume "la Città olocausta", anche quando consultava l'orario ferroviario («Vediamo, a che ora arriva alla Città olocausta il diretto di Venezia?»). Ma a parte ciò, era uno che ci sapeva fare. Quando lo trovai, aveva finito di spazzare i capelli dal pavimento ed era intento a un'operazione misteriosa. Sul tavolo aveva disposto tutt'una serie di cartine, come quelle che usano i collezionisti di francobolli, e vi ripartiva i capelli tagliati con la precisione d'un farmacista.

«Il Comandante ti vuole. Ma che stai facendo?» chiesi, perplesso.

«Li metto da parte per le ammiratrici del padrone» rispose, come se fosse ovvio. Leccandole con la lingua, incollava le cartine una dopo l'altra.

«Te li chiedono?» risi io.

«Quarche vorta. Le donne, lo sa anche lei, sono matte!».

Fui colto da un improvviso sospetto.

«E quanto te li pagano?» domandai.

«Signor capitano!» rispose Italo, sdegnato. «Le parti del corpo di Gabbriele d'Annunzio non hanno prezzo!».

A questo, si capisce, non si poteva rispondere.

«Già. Be', va' un po' da lui»» ridacchiai; ma proprio in quel momento bussarono alla porta.

«Italo! Oh, Italo!» chiamò da fuori una voce, dalle sonorità non meno burine.

L'attendente aprì la porta. C'era lì fuori uno degli arditi di guardia, un camerata suo; e dietro, mezzo nascosta, una donna.

«A Italo! Ce sta una che dice che deve vedè er Comandante».

«Boh!»» replicò Italo. «Me sa che sta ar bagno».

«Embè? Appunto» sghignazzò l'altro. La donna, dietro di lui, era rimasta mezzo in ombra: ma si vedeva che tremava come una foglia.

«Venga signorina, che l'accompagno io»» si offrì galantemente Italo, introducendola attraverso il battente socchiuso. La squadrai con curiosità, ma a tutta prima non la riconobbi; tutto quello che vidi fu una sgualdrinella con la gonna troppo corta e la faccia infarinata. Però!, mi dissi; ma ero troppo pigro per dar seguito a quel pensiero. Oltretutto, avevo da fare.

«Italo! Io vado, ti occupi tu del Comandante?» gli dissi, mentre mi avviavo verso la porta. L'attendente fece un cenno col capo, come a dire, non si preoccupi e lasci fare a me, che lo lascia in bone mani; e già precedeva la visitatrice oltre la soglia dello studio. Solo dopo ch'ebbe richiuso la porta, compresi dove avevo già visto quel visino da tisicuccia; e ancora faticavo a crederci, benché la rassomiglianza s'imponesse, inequivocabile. In ogni caso era troppo tardi: oltre quella porta chiusa, in una situazione del genere, non si poteva andare. Bussai piano, nel caso Italo fosse tornato a portata d'orecchio; ma non mi udì nessuno.

Gabriele, intanto, aveva appena lasciato cadere la vestaglia di seta sul tappeto afghano, e così com'era, nudo, ma con il monocolo all'occhio, stava tastando con la punta d'un piede l'acqua calda nella vasca.

«Oh bravo, senti qua» cominciò, intuendo la presenza familiare di Italo nella stanza adiacente, oltre la porta socchiusa. Ma Italo lo interruppe con un colpetto di tosse, di cui il Comandante conosceva benissimo il significato; sicché non si offese d'essere stato interrotto, e s'azzittì in attesa.

«Signor Comandante, c'è una signorina che chiede di lei. Il signor capitano ha detto che lei non poteva ricevere» improvvisò Italo, ad ogni buon conto, «ma la signorina ha insistito che doveva vederla subito».

«Eh, subito! Fai presto tu, a dire subito!» cominciò Gabriele; ma qualcosa di assolutamente imprevedibile lo interruppe. Fra il corpo ben nutrito di Italo, rivestito di un'uniforme di bonissimo taglio, regalo del padrone, e lo stipite della porta s'era infilata la testa d'una maschietta pitturata, coi capelli biondi corti e un faccino aguzzo, in cui però splendevano due occhi troppo bistrati e luccicanti di follia.

«Subito, Comandante, per l'amor di Dio!» implorò la maschietta. Per fortuna Gabriele non s'era ancora levato il monocolo: sicché al contrario di me riconobbe subito, fisionomista com'era, la figlia Cosulich. Dipinta a quel modo, però, non se l'era raffigurata mai. Ma poiché era nudo, non gli restavano molte scelte. Si chinò a raccogliere la vestaglia e se l'infilò rapidamente, raccattò il monocolo che in quel gesto di piegarsi s'era tolto dall'orbita e sarebbe andato in mille pezzi se la seta della vestaglia non l'avesse accolto, tornò a calcarselo all'occhio, poi disse in tono formale: «Ma la prego, signorina, non stia qui in piedi, s'accomodi nello studio!».

Un po' di tempo fa, ancora prima della guerra, Italo è capitato a Milano ed è venuto a trovarmi. Mi aveva preannunciato il suo arrivo con una lettera dall'indirizzo così concepito:

Al Signor Commendator Tom A.
Padreterno di Milano.

La lettera, incredibile a dirsi, mi era arrivata. Lo invitai a pranzo, e mentre ci ingozzavamo al Savini ci capitò di rievocare, chissà poi perché!, fra tanti episodi che avrebbero potuto tornarci alla memoria, proprio quel pomeriggio. Italo, nonostante la sua indole poco incline alle fantasticherie, ne era rimasto così colpito che non aveva mai smesso di rigirarselo nella testa.

«Penzare che nun era gnente de che. La maschietta, dico. Eppure, te nun ce crederai, non me la so' mai più levata da la capoccia».

(I tempi, si sa, sono mutati, siamo andati incontro al popolo, e il lei non si usa più. E poi non eravamo oramai due vecchi camerati delle stesse, ammuffite battaglie? In breve, mi dava del tu).

Per divertirlo, provai a immaginarmi tutte le ambasce che dovevano aver angustiato la ragazzina, nel momento in cui s'era decisa a mettere in atto il suo proposito. Italo beveva e rideva. «Mazza, oh, se vede che sei uno scrittore. A momenti me pari il Vate reincarnato, salute all'anima sua grande!».

«Te la vedi, no?» improvvisavo, «lì nella sua cameretta rosa? Che s'infila la calza di seta, la tira sulla coscia, magra, no?, era magra tutta, quella: poi aggancia i bottoncini del reggicalze. Intanto batte i denti, e ha la pelle d'oca. Batte i denti così forte che pure il cervello le balla nella testa e si dimentica quel che deve fare: alla fine si ricorda, e si tira su la calza sull'altra gamba. Poi se ne va verso lo specchio, ma quel poco movimento delle cosce, che dici Italo?, le avrà fatto salire in mente un'altra idea, no?».

«E quale?» indagò Italo, sinceramente interessato.

«Be', s'infila la mano dentro le mutandine, non l'ho ancora trovata una che non lo faccia, e allunga un dito a frugare, poi se lo porta al naso e l'annusa. Allora è contenta, e va a sedersi alla *toilette*, e si trucca, la cipria e tutto. Ma te lo ricordi com'era dipinta?».

«Me lo ricordo sì!» sghignazzò Italo.

Certo una signorina perbene come quella lì non era abituata a dipingersi così pesantemente: e chissà cos'avrà pensato, quando s'accorse che dallo specchio la guardava una sgualdrinella di strada. Si sarà presa paura. Ma tanto in casa non c'era nessuno, tranne la serva; la madre era dalle amiche, e il babbo era lontano, chissà dove, diciamo in Svizzera per affari. Insomma, si sarà fatta coraggio, e avrà buttato nella borsetta il rossetto e un flaconcino di profumo: il più dolce e nauseabondo, proprio quello che la mamma, dopo averlo annusato una sola volta, le aveva proibito di usare. Lui è abituato alle sue puttane, pensava, ma io sarò profumata come loro.

M'interruppi, tirai fuori due sigari, ne offrii uno a Italo. Ci volle un po' per accenderli: non tiravano.

«E poi?» volle sapere Italo. Gli occhi gli brillavano.

E poi, e poi! Be', una volta richiusa la porta alle spalle, eccola che corre via, m'immagino, inciampando sui tacchi troppo alti, fino al primo posteggio di tassì. L'autista le dà un'occhiata obliqua, ma non batte ciglio quando lei gli ordina, con una vocetta troppo acuta, di portarla a Palazzo. Subito prima di arrivare, apre la borsetta e comincia frettolosamente a ripassarsi il rossetto, colle mani che tremano. Il tassista annuisce fra sé come uno che ha capito tutto, ma si stringe nelle spalle e continua a guidare senza dir motto. Lei si guarda nello specchio i capelli tagliati alla maschietta, e rimpiange di aver tanto insistito con sua madre per quel taglio: ora è sicura che a Lui piace affondare le mani nel folto dei capelli, e lei fino all'estate prima aveva una treccia così grossa! Arrivati a Palazzo l'autista, che ha già portato lì altre visitatrici dello stesso genere, fa un sorrisetto lascivo e apre la bocca per dire, devo venire a prenderti fra un'ora?, ma Cecilia gli butta in grembo i soldi della corsa e corre barcollando verso il portone.

«Ammazza! Che sarà andata proprio così?» s'informò Italo, sorridendo beato, e soffiando verso il soffitto il fumo del sigaro.

«Certo!» confermai. Quella storia mi divertiva, avevo voglia di continuarla, di aggiungere altri personaggi. Gli arditi di guardia, per esempio: ci giurerei che non ebbero nessuna difficoltà a crederle. Si sa, ne avevano viste ben altre. Uno si sarà staccato dal gruppo e l'avrà preceduta, su per lo scalone, attraverso i corridoi interminabili. Da una stanza s'affaccia una dattilografa, annusa l'aria e storce il naso: chissà cosa ci troverà il Comandante, in una che si profuma così! Anche l'ardito, senza darlo a vedere, si stava interrogando sui gusti del vecchio, non tanto per il profumo quanto per quella faccina terrea e smunta, e perché si vedeva benissimo sotto il cappottino corto che la ragazza era un mucchietto d'ossa. Io per me una botta ce la darei, pensava, ma lui com'è che non trova di meglio? Che il Comandante non l'avesse convocata affatto, e in quel momento fosse del tutto ignaro del suo arrivo, non venne in mente a nessuno, si capisce. Quanto a Cecilia, attraversava scale e anticamere senza veder nulla, se non il passo indolente dell'ardito che la precedeva, e un lembo di camicia che gli era rimasto fuori dai pantaloni. E come pendeva! Penne – pareva dire – come penne 'st'artro amico qua davanti, nun se po' dubità. Pure il fiocco del fez ciondolava spavaldo sulle spalle del milite; la ragazza sentiva il suo odore di tabacco, cercava di frenare il battito dei denti ch'era ripreso più secco di prima e si chiedeva spaventata, avrà anche Lui quest'odore? E io ce la farò a non vomitare, allora?

A Italo andò il vino di traverso, per la gran sghignazzata. «Ammazza, oh!» ripeteva fra i singulti. «Me sa che ciài pijato sur zerio! Ma come fai? Me pare de sta' llì a vedella! Poraccia, va'!».

Quel che successe dopo non ho bisogno d'immaginarlo: Gabriele me lo raccontò quella sera stessa, un po' ridendo, un po' in preda a una strana eccitazione. Lui le prese il mantello dalle spalle, e la condusse nello studio. Cecilia non capiva più niente; non s'accorse nemmeno che il Comandante, lì a Palazzo, alloggiava in un appartamento qualunque, arredato a sparagno sui bilanci imperialregi. Lui, per pubblicizzare le sue mutate abitudini e la novella austerità, non aveva voluto toccare nulla: né i mobili scuri, né le stoffe e i tappetuzzi lisi, che sapevano di muffa austriaca. Si lasciò condurre docilmente a una poltrona, in cui s'inabissò serrando i denti, come se fosse la porta dell'Ade: e appena Gabriele sedette davanti a lei, fissandola interrogativo attraverso il vetro, cominciò un lungo e sconnesso racconto. Se l'era preparato a casa e ripetuto in tassì, parola per parola; sicché le frasi uscivano cucite l'una all'altra senza fatica, e le pareva che dovessero fare una bellissima impressione. Cecilia parlava, parlava e intanto le dita, a sua insaputa, le si attorcigliavano nervosamente in grembo, lì dove aveva dimenticato le mani, non sapendo che farsene. Erano così sottili che pareva dovessero spezzarsi da un momento all'altro, e Gabriele le seguiva affascinato. Non s'interessava d'altro: tanto, di discorsi come quello ne aveva già sentiti molti, e si rassomigliavano tutti. Nel salotto faceva un caldo davvero infernale, la stufa di maiolica pompava a più non posso, il rimmel cominciava a sciogliersi e colare giù per la guancia della ragazza, l'occhio acuto del Comandante la inchiodava alla poltrona, come una farfallina sotto la lente del collezionista: ancora viva, ma per poco.

Cecilia s'interruppe di colpo. Non tremava più, anzi sudava.

«Che caldo, eh?» mormorò, con un abbozzo di sorriso; e si lasciò scivolare la giacca dalle spalle, scoprendo una camicina col colletto di pizzo. Sotto, Gabriele vide due tettine acerbe, appena spuntate, che sporgevano il capino curiose del mondo: due cerbiatte, aveva visto giusto Salomone, lui poi se ne intendeva. «Sì» convenne cortesemente «fa un po' caldo, spero che non le dispiaccia». La stufa pompava: vera Stiria fine secolo, Rumpelmayer di Graz, oramai non le fanno più. La maschietta, in camicia, aveva perso il filo del discorso, ma gli occhi continuavano a luccicare di follia. Peccato, pensò Gabriele, sarebbe valsa la pena provarla. Ma cerchiamo di comportarci da persone serie. E mi sentiranno poi quei due, Italo e Tom, anzi soprattutto Tom: lui la conosce quanto me, m'ha rotto la coccia ben bene coi milioni del senatore, e poi me la scodella così, quest'anguilla... mezza nuda, poi, e io che stavo già coi piedi nel bagno. Basta, rimandiamola dal papà e che sia finita!

«Cecilia, lei non mi conosce» cominciò, con la solita voce suadente. «Io la renderei più infelice di quanto lei possa immaginare. E non voglio. Ne ho già rese infelici troppe altre» aggiunse, soddisfatto.

«Allora rendi infelice anche me» l'interruppe Cecilia, ansiosa. «Tanto più infelice di così è impossibile. Ti prego, ti prego, rendimi infelice» mormorò; e prima che lui potesse impedirglielo era già scivolata a terra, e gli abbracciava le gambe sotto la seta della vestaglia. La cagna Crissa, ch'era rimasta fino a quel momento sdraiata su un tappeto non lontano dalla stufa, sovranamente indifferente a quel che accadeva, alzò il collo e ringhiò piano. Si capiva che era gelosa: nessun altro animale doveva strusciarsi ai piedi del Dio; e tuttavia, senza un suo cenno, esitava ad avventarsi.

«No, Cecilia. Mi perdoni. Su, si alzi. La farò ricondurre a casa. Che dirà la sua mamma?».

«Me ne frego della mamma! Io voglio te!».

Gabriele, stavolta, si seccò sul serio. La dardeggiò coll'occhio gelido, e s'aggiustò addirittura il monocolo, spietatamente. Era bruttina, oltre tutto: così sfigurata dal bistro e dalle lacrime, poi!

«Cecilia non mi costringa a fare una scenata. Si ricomponga e vada subito a casa, prima ch'io sia costretto a telefonare al suo babbo».

A quelle parole, che risuonarono forse più dure di quel ch'egli credeva, Cecilia guizzò come una biscia, si levò mezza in ginocchio e gli fissò in faccia due occhi gonfi di lacrime, neri del trucco che si scioglieva. Scosse lentamente la testa, come per dire di no, che non ci credeva, che fosse andata a finire così. Si levò in piedi. Nonostante la calura della stufa, tremava. Il Comandante vide ch'era impallidita paurosamente e si alzò in fretta: ne aveva vedute tante svenire, più o meno a quel punto! Per fortuna c'era la poltrona, a distanza di sicurezza, calcolò. La ragazzetta, però, non svenne. Così pallida com'era, colla bocca che tremava come se battesse i denti, mormorò qualcosa a proposito del bagno: e a un gesto del Comandante, che le segnalava premuroso la direzione, sparì dietro la porta. La cagna Crissa la seguì con lo sguardo attento e sospettoso, poi tornò ad accucciarsi: ma senza levar gli occhi di dosso dal padrone, che sospirando s'asciugava col fazzoletto la gran fronte calva, i bernoccoli mirabili.

Per un po' Gabriele s'aggirò per la stanza, aggiustando meccanicamente ora questo ora quell'oggetto. Aspettava: si sa, le donne al bagno possono starci un pezzo. Con tutto quell'inchiostro da lavar via dagli occhi, poi! Non fu il protrarsi dell'attesa, dunque, a insospettirlo, ma il silenzio. In quel bagno non scorreva l'acqua. Diavolo, pensò, non starà facendo qualche sciocchezza. S'accostò alla porta, tese l'orecchio. Si sentiva ansimare la ragazza, null'altro. Be', almeno è viva, si rassicurò; ma comunque era ora di trarla fuori di lì. Bussò.

«Cecilia!».

Niente. Anche l'ansimare s'era interrotto bruscamente, come se l'anguilla, di là, stesse trattenendo il respiro, per non farsi scoprire dal pescatore.

«Cecilia, per favore mi apra» insisté. E scosse il pomo della porta.

Quando lo ripeté per la terza volta, ormai in tono imperioso e spaventato a un tempo, la ragazza cedette, girò la chiave, si trasse contro il muro quasi rannicchiandosi, come se temesse d'esser picchiata. Il Comandante vide la camicia buttata come un cencio sul tappeto, le braccia nude malamente riparate da un asciugamano, e sul candore della spugna un frego di sangue. Impallidì e gliela strappò di mano: apparve il piccolo pugno che stringeva convulsamente una lama, le nocche bianche per lo sforzo, e Gabriele riconobbe il suo rasoio dal manico d'avorio. Sul braccio sinistro, appena sopra il polso, la ragazza aveva tre tagli inferti di netto, in fretta: ma da una mano che non tremava, o tremava appena. Sanguinavano un poco, ma la spugna aveva già arrestato l'emorragia; e del resto non s'era voluta tagliare le vene, ma soltanto farsi male: per punirsi d'aver fallito. (Quando lo faceva, da bambina, smettevan subito di sgridarla: l'avvolgevano in panni caldi, la mettevano a letto, la vegliavano tutta la notte, con scodelle di brodo).

Già! Altro che brodo, invece! Perché Gabriele, sentendosi rimescolare, mosse un passo verso di lei, e mormorò il suo nome con inaudita dolcezza. Le dita s'aprirono, il rasoio cadde a terra. Lui la prese fra le braccia; e la creatura, che fino a quel momento aveva torto il collo verso il muro, per nascondere la faccia, di scatto gliela offrì, rigata com'era di rimmel e di lacrime, la bocca spalancata a invocare un bacio.

Fuori pioveva; e il rumore dolce della pioggia contro i vetri li accompagnò nell'alcova. Fra le gambe di Cecilia, Gabriele trovò un po' di carne vischiosa, e un pettinino di peluzzi dorati. Oh, Giasone, pensò subito; non poteva farci nulla, gli veniva naturale, la fabbrica delle imagini non chiudeva mai; e avrebbe potuto continuare su quel tono, ma seppe lasciar perdere. Un po' Argonauta, però, si sentiva, mentre navigava quel ponto: dove prima, lo capiva da certi segni chiarissimi, non s'era spinto nessun navigante. Lui, invece, recitava un copione che sapeva a memoria, e poté divertirsi a inventariare tutto quello che la creatura non sapeva ancora. Non sapeva, per esempio, d'avere laggiù un'altra bocca, che poteva esser baciata a labbra e lingua: proprio come questa qua di sopra. Non sapeva, dietro quella bocca oscura, d'averne un'altra ancora; un bocchino, forse: un astuccio, adattissimo da infilarci certe sigarette: e s'era spaventata, subito, ma aveva stretto i denti, decisa com'era a subire tutto, a imparare tutto.

E non credeva che si potesse ridere! Ma Gabriele la fece ricredere subito; e la fece ridere, e molto, parlandole de' ventun sensi che il suo corpo possedeva, suo di lui dico, «oltre i cinque grossolani di voi mortali». Poi cercò e trovò un libro, ch'era finito fra i cuscini, e le condusse il dito dove doveva; e lei spalancò gli occhi vedendo che Libro era quello ch'egli teneva nell'alcova, e poi rise, più di prima, quando sul rigo segnato da quel dito lesse: «Quell'uomo Gabriele venne e mi toccò». E mentre rideva, lui la guidò là dove la voleva, e le disse in un soffio quel che doveva fare.

E la conchiglia non dové esser forzata, ma si schiuse da sé... come avrebbe scritto Italo, se Italo si fosse impicciato di darmi una mano a stendere questa cronaca.

Lui la sentì contrarsi quasi subito, e soffocare il grido: v'era abituata, in camera sua, nella casa vigile. Ma era una scolara ubbidiente: ripigliò subito a fare il suo dovere.

«Allora, era questo che volevi?» mormorò il Comandante, dopo un po'.

«Sì» mormorò lei di rimando, interrompendosi un istante.

Lui lasciò che s'adoperasse ancora.

«E ti piace?» chiese poi, in un soffio.

«Porca vacca!» ansimò Cecilia.

Quelle parole le eran scappate con tanta naturalezza che gli piacquero. Aveva l'orecchio fino, Gabriele: sentiva la musica anche là dove altri avrebbe sentito solo la macelleria. Si mise a ridere, e anche lei rise, senza saper perché, ma grata.

Lui le prese fra le mani la faccia aguzza, lucida di sudore.

«Tu sei una cosa...» mormorò; e voleva continuare; ma Cecilia lo interruppe.

«Oh sì! Sono una cosa. D'ora in poi non sono più nulla, sono una cosa nelle tue mani».

Poi fece una smorfia di dolore, perché la bocca tumefatta non la lasciava quasi parlare; ma subito gli occhi tornarono a ridere. Gabriele aveva perduto il filo. Sorrise vagamente, cercando di ricordarsi che cosa diavolo le stava inventando.

«Una cosa così piccola. Una Cosetta. Tu per me, d'ora in poi e per sempre, sarai Cosetta» improvvisò, contento di quell'appiglio. E fra sé pensava, perché no? È magra e spaurita come nell'Hugo! E poi, si compiacque, accorgendosi solo allora come quel nome fosse calzante, è pur la figlia della Thénardier! Bisogna che mi ricordi di controllare, annotò mentalmente, ma mi pare che la descrizione calzi a pennello... (calzava, infatti: controllammo insieme, poco più tardi, dopo che m'era venuto a cercare e s'era fatto accompagnare in biblioteca, per raccontarmi ogni cosa, ancora scosso dal riso, mentre Cecilia/Cosetta dormiva quasi sepolta fra i cuscini: lì, nei *Miserabili,* era descritta così, la Thénardier: «una donna rossa, polputa e angolosa, il tipo di donna da soldati in tutto il suo fare sgraziato; e, cosa bizzarra, con un'aria svenevole dovuta alle letture romanzesche». Pareva la signora Cosulich sputata. Gabriele chiuse il libro e me lo restituì contento, il vecchio papà Hugo non l'aveva fregato).

Quando Cecilia si svegliò era il crepuscolo. Sobbalzò, spaventata. Lui non c'era, l'alcova era deserta. Ma sul cuscino, accanto a una rosa, era appuntato un biglietto. Cecilia lo spiegò e lesse:

Cosa dolce,

come stai? Hai dormito in pace? L'oro è ancor dolente o s'è già allisciato? Se sei ancòra stanca, riposati ancòra.

Io non ho potuto dormire. Prestissimo ti cercherò; ma non stanotte. Stanotte io debbo affidare un pegno all'acqua. Glielo affido perché lo divori, come ha meritato.

Tornerò; e voglio ritrovare la tua impronta sulle coltri.

Mi piaci tanto, e non ti posso mangiare!

ARIEL

Cecilia si rivestì in fretta, rabbrividendo. Per la prima volta si chiedeva cos'avrebbe raccontato a casa. Be', non importa, qualcosa inventerò: e disperse con una scrollata di spalle quel pensiero molesto. Fra le gambe sentiva un bruciore così forte che come mosse qualche passo dovette mordersi le labbra per non guaire; ma non avrebbe voluto guarirne per nulla al mondo. Non mi laverò mai più, pensò.

Mentre la riaccompagnavo a casa in macchina, si stringeva nell'abituccio leggero: quand'era uscita, nel pieno meriggio, non faceva ancora freddo, e del resto la febbre la rendeva insensibile; ora, però, rabbrividiva.

«Si metta subito a letto, e si faccia fare una scodella di latte caldo» la consigliai. Al brodo non avevo pensato. Mi guardò con gratitudine.

«E Lui?» osò finalmente chiedere. Mi strinsi nelle spalle.

«Non so. Il Comandante può sparire e riapparire quando vuole. Vedrà che riapparirà» aggiunsi, per consolarla.

In realtà lo sapevo benissimo, dov'era andato. Appena deposti sulle coltri il biglietto e la rosa, aveva preso con sé due uomini e s'era diretto all'imbarcadero. In quel momento era su un motoscafo armato, al largo. La mole della città e del porto, da quella distanza, non si distingueva più dal profilo delle montagne. Dall'altra parte, là dov'era tramontato il sole, una fila di luci rivelava le navi della squadra italiana, incaricata di mantenere il blocco del porto. L'Adriatico s'incupiva; nella sua palpitazione accelerata si percepiva già la fosforescenza notturna. Nel cielo color petrolio, la luna nuova era come un pugno di zolfo che brucia. Mentre il motoscafo solcava l'acqua, il Comandante si guardava intorno in quel gran buio luccicante, il buio del Carnaro. Gli tornarono in mente i versi che aveva immaginato, in quella stessa acqua, non molte lune prima:

Siamo trenta d'una sorte,
e trentuno colla morte.
Siamo trenta su tre gusci,
su tre tavole di ponte:
secco fegato, cuor duro,
cuoia dure, dura fronte,
mani macchine armi pronte,
e la morte a paro a paro.

Ora, invece, era solo; i due uomini alla manovra avevano capito di non doverlo disturbare. A una svolta più brusca, un po' d'acqua salata gli entrò nell'occhio buono, glielo fece lacrimare. È ora, pensò, nel rombo assordante del motore. Cavò dalla tasca del gran giaccone di pelle un astuccio, e di lì quello stesso rasoio, dal manico d'avorio, con cui s'era ferita la carne di Cosetta. Sulla lama occhieggiavano ancora le macchie di sangue brunito. Gabriele lo brandì solennemente, lo tenne levato per un istante, e poi lo scagliò nel vento, e l'acqua se lo prese.

E la morte a paro a paro...
Eja, carne del Carnaro!
Eja, eja, alalà!

Sull'ultime parole alzò la voce, al punto che i due marinai si voltarono sorpresi.

«Niente» borbottò, rassicurandoli. «È già finito. Rientriamo».

Il vento s'era fatto più forte; e portava scrosci di pioggia. Il Comandante ripensò alla pioggia che aveva accompagnato il rito di quel pomeriggio, e una fitta acuta di desiderio lo sorprese. Aveva creduto di mentire, quando l'aveva assicurata che la cercherebbe prestissimo. Ora, però, non ne era più tanto sicuro. Chiuse gli occhi e annusò la pioggia, credendo di trovarvi l'odore di Cosetta, l'odore che aveva annusato fra le gambe di Cosetta.

Io, per me, lo sapevo benissimo che sarebbe andata a finire così. Per questo non volevo spiattellarle dov'era andato, alla ragazza: avrei rischiato di rovinare l'effetto a Gabriele. Se tanto mi dà tanto, pensavo, la prossima volta glielo racconterà lui.

7
In fondo al pozzo

Pioveva a dirotto. Le calli della città vecchia luccicavano d'acqua, alla luce scarsa del gas razionato. La pioggia batteva sulle tegole sconnesse dei tetti, sul selciato ammuffito delle calli, sui teli incerati delle sentinelle alla barriera di Cantrida.

Quando arrivai alla riva della Fiumara mi guardai intorno. Delfina m'aveva assicurato che quando lavorava stazionava sempre allo stesso crocicchio, il medesimo dove ci aveva abbordati l'altra notte. Se poi volevo cercarla in un altro momento, mi aveva detto con gli occhi che brillavano di fame e di speranza, be', lei stava di casa a due passi di lì: aveva preso a pigione una cameretta, da una vecchia che non faceva domande. Fin che riusciva a pagare contava di restar lì, non voleva andare a dormire dai contadini subito fuori città, come la maggior parte delle ragazze, e ancor meno ricoverarsi in branco in qualche cascina abbandonata, come le più misere, quelle che s'adattavano a tutto.

«Io i pidocchi non ce li ho» m'aveva detto fieramente.

La trovai comunque al posto di combattimento: si vede che i soldi nella calza non le bastavano ancora, per la pigione della settimana. Mi saltò al collo quando mi riconobbe; benché cercasse di ripararsi sotto un balcone, era zuppa di pioggia. Coi soldi che le avevo dato, però, s'era comprata un cappellino, e me lo mostrò fiera: all'ultima moda, una campanuccia di feltro, e di lì le sfuggivano le ciocche alla maschietta.

«Te piaselo, Tom? E no'l se guasta gnanca con l'acqua, el va proprio ben par sto autunno impestà!».

Più tardi, tenendomela fra le braccia, le spiegai perché ero venuto a cercarla. M'ero stupito anch'io quando Gabriele, alzando gli occhi dalle scartoffie che gli ingombravano la scrivania, aveva rievocato le due ragazze che c'eravamo portate all'Ornitorinco qualche tempo prima: lui, infatti, non per nulla è un mago, il futuro lo conosce molto meglio del passato, anzi quest'ultimo ha una spiccatissima abilità a dimenticarselo. Ma quando mi raccontò delle cicatrici sul corpo della ragazza, cicatrici di coltello, e così deliberate, e delle cinquanta lire di cocaina!, allora capii perché se la ricordava.

«Supponiamo che ci venisse voglia di trovarla» ipotizzò, con aria svagata. Prendeva sempre le cose alla lontana, se appena poteva; e il fatto che anziché dire io dicesse noi mi parve così raro e insolito da farmi drizzare le orecchie. Conoscevo abbastanza Gabriele per sapere che aveva qualcosa in mente, e che non me l'avrebbe detto a nessun costo, se mi fossi limitato a chiederglielo. Perciò tacqui.

«Tu» proseguì, già con un velo d'irritazione nella voce, «la tua amichetta l'hai poi rivista?».

«No, perché?» dissi con voluta indifferenza, deponendo il tagliacarte e accendendomi una sigaretta.

«Ma se ti viene voglia, saprai dove ritrovarla» affermò. Non era una domanda.

«Vuoi che vada a cercarle?» proposi, guardandolo seriamente. Fece una smorfia, ammetterlo gli scocciava.

«Be', sì. Poi fammi sapere».

Non aveva voglia di dirmi altro, era evidente. Si tenne per sé gli uomini col coltello, che s'era figurato colla fantasia, in quelle notti: chissà perché, dava per certo ch'erano più d'uno. Si tenne per sé, a covarselo ancora un po', lo sgomento per la crudeltà che aveva subìto quel corpo, e quel nonsoché di dolce che lo intorbidiva. Gli era piaciuta, così piagata e misera, gli occhi accesi dalla luce equivoca della droga ignota. Ora aveva voglia di saperne qualcosa di più, ebbene? Non era lui il Comandante di Fiume? Aveva il diritto, anzi no, il dovere di buttare l'unico occhio negli abissi della città.

Delfina si rannicchiò contro di me. S'era intristita. Credetti che fosse la piccola gelosia d'esser stata cercata soltanto per questo, e le accarezzai i capelli, per placarla. Ma quando alzò gli occhi a guardarmi, vidi che si trattava di qualcos'altro: perché in quegli occhi c'era sì la tristezza, ma anche lo spavento.

«Xe strano che ti me lo domandi, Tom» sussurrò. «Ti te ricordi, quel giorno che la xe scampada da sola dall'albergo, che mi stava cò ti? Be', la go vista quela sera, a la Fiumara, e no so parché, ma i le aveva dà un fraco de bote. No so parché, el Comandante la gavarà pagada ben, no? No so... Ghe go domandà cossa che i era suceso, ma la se ga messo a pianser, a dirme che no la ghe podeva più de quela vita e che la voleva scampar. E dopo, dopo nessun la ga più vista».

«Ma da chi doveva scappare?» chiesi, senza capire. Delfina ebbe un risolino triste.

«Tu non sai niente! Noialtre, italiane, magari gavemo un omo, che ne magna a le spale... mi no, ve', Tom, mi so' sola, mi no go nessun altro che ti» precisò, ansiosa; e quando le feci cenno di continuare:

«Ma ste poarete, ste s'ciave che xe rivade mi no so da dove, dala Croazia, dal Montenegro, dal Cosòvo, e che ghe ne riva tuti i giorni, parché da che a Fiume ghe si vualtri, se ga sparso la vose che ghe xe da lavorar...».

Mi strinsi nelle spalle.

«... ste poarete non e riva miga da sole, le porta i lori omini de la zo, xe tuta una camorra, e i le controla e i le porta via i sghei, e se ste poarete no ga voia de lavorar, i le copa de bote, o pèso...».

Pensai al coltello. I conti tornavano.

«E allora la tua amica è scappata?» indagai. Ma all'improvviso gli occhi le si riempirono di lacrime.

«Mi no so, Tom. Ma i dise che ghe ne stade tante, che ga cercà de scampar, e no son mai riusie. Fiume xe soto asedio, ti lo sa ben. Per sti fioi de cani xe uno scherso, i xe contrabandieri, prima i faseva el contrabando de tabaco, adesso de done, e d'altre robe sporche che mi no so. Ma lori, ste poarete, non le sa gnente, e quele che ghe salta in testa de scampar, i le ciapa e le copa de bote. Ghe ne xe che xe sparie. Dixe che i le butan vive dentro i possi» concluse, tutto d'un fiato.

Com'è strano che uno stesso luogo possa evocare sentimenti così diversi, addirittura opposti: che vi si possano condurre vite che si sfiorano eppure non hanno nulla in comune! La Fiume che noi conoscevamo, la città del piacere e della gioia di vivere, dove tutta la nostra gioventù si ubriacava di vita e di libertà, si raddoppiava nel racconto della mia amica in una città notturna di busse e di terrore, di traffici sinistri, di scantinati e cortili abbandonati ridotti a caravanserragli, o prigioni, o peggio: era quella, a quanto pare, la Fiume di Delfina e delle sue compagne. Quando le chiesi cos'altro sapeva, aggiunse che dopo la scomparsa della ragazza marchiata col coltello, di cui nemmeno ricordava il nome, ne era subito comparsa al suo posto un'altra: batteva al medesimo cantone, segno sicuro, disse Delfina, che obbediva alla stessa banda, e certo l'avevano fatta venire apposta, per prendere il posto di quell'altra poveretta; e da tutto ciò Delfina, con una logica stringente che avrebbe fatto onore a un commissario di polizia, deduceva, sì, deduceva!, che quell'altra l'avevano fatta sparire. Sapeva anche dove, confessò alla fine. Perché quella ragazza, con altre, la tenevano di giorno in un cascinale abbandonato, dalla parte di Sussak, in un tratto sterile di campagna, dove non abitava più nessuno; lei, Delfina, c'era stata una volta, con un cliente, arrossì, una sera che non aveva da pagarsi neanche la camera, e lì era pieno di angoli bui, dove si poteva stare abbastanza comodi sulla paglia, o sugli stracci; e in un angolo del cortile c'era un pozzo, buio, profondo, che le aveva sempre lasciato un'impressione d'orrore...

Nella trattoria in piazzetta del Fico, l'oste scodellò sul tavolo una zuppiera di riso, affogato nel sugo di carne. Al tavolo s'affollava una dozzina di legionari. Il riso fu accolto da un breve applauso, subito spento nella manovra affannosa dei cucchiai: ché ognuno temeva di rimanere indietro, e la competizione era formidabile.

«Se quelli là ci riprovano un'altra volta, bisogna spararagli» dichiarò un alpino, a bocca piena.

Da qualche giorno non si parlava d'altro che della tentata diserzione dei carabinieri. Tentata, poi! Forse anche qualcosa di più. Dopo quel famoso mattino il drappello era rientrato in caserma, ma il capitano era sparito con la sua valigia: secondo l'opinione comune, era capace d'essersela squagliata travestito da borghese.

Molti annuirono, persuasi.

«Ma non basta» rincarò un altro. «Bisogna che si sia tutti d'accordo. Bisogna riunire tutta la truppa, e giurare tutti che se qualcuno parla ancora di andarsene, gli si spara».

«È giusto» approvò un legionario.

«Come no?» riprese l'ultimo che aveva parlato. «È così che si fa. Mica s'aspetta gli ordini degl'ufficiali. Si decide noialtri. Un soviet, ecco cos'è che s'ha da fare. Ci si raduna tutti, tutti i volontari, si fa il soviet dei soldati. E lì si decide».

Qualcuno lo stava a sentire, e annuì gravemente; gli altri bevevano assorti il vino rosso dell'oste.

C'era lì anche l'uomo colla palpebra tagliata. Si chinò all'orecchio del suo vicino.

«Questi parlano, parlano, ma il fegato non ce

l'hanno mica. Al momento buono voglio vederli a sparare a un camerata».

Quell'altro fece una smorfia.

«I carabinieri, mica sono camerati» obiettò.

L'uomo dalla palpebra tagliata parve colpito da quel ragionamento.

«È vero» riconobbe. «A quelli lì bisogna spararargli per primi. Come facevamo a Santa Maria La Longa».

Cominciò a ruminare. Aveva la ciucca triste, e il vino era cattivo. A dire il vero, lui e i suoi amici a Santa Maria La Longa ne avevano ammazzato uno solo, di carabiniere: ma aveva sentito dire di altri che avevano fatto la stessa cosa. Li odiavano tutti, lì, i Fratelli Branca. A Santa Maria La Longa era insediato il tribunale militare e quasi ogni giorno, all'alba, fucilavano la gente. Gli arditi avevano il campo d'addestramento a pochi chilometri. Quando c'erano le decimazioni, si veniva a saperlo prima. Il morale scendeva sotto i tacchi. Secondo il regolamento, le fucilazioni dovevano essere eseguite dagli stessi reggimenti cui appartenevano i condannati, ma tante volte gli ufficiali, per politica, preferivano lasciar perdere, e chiamavano i carabinieri. Ce n'era un distaccamento lì in paese, avevano per caserma l'osteria, requisita già allo scoppio della guerra, e non si tiravano mai indietro. C'era pure la doppia razione di vino, per quelli che formavano i plotoni d'esecuzione.

L'uomo dalla palpebra tagliata sputò, e si versò dalla caraffa un altro bicchiere. Il vino era cattivo davvero. Il bicchiere era di vetraccio spesso.

«E così sparavate ai carabinieri?» indagò a bassa voce il vicino.

«Io l'ho fatto solo una volta» confessò l'uomo. «L'abbiamo pigliato al primo colpo, c'era una bella luna. Sarà stato a cinquanta metri. Un mio amico c'è andato due o tre volte, e non ha mai avuto fortuna. Io ci sono andato solo quella volta lì e l'abbiamo ammazzato. Poi ci hanno spostati al fronte».

Avevano teso l'agguato di notte: dal loro accampamento era facile uscire, e gli ufficiali chiudevano un occhio. Uscivano per andare a ragazze, si capisce. Che nei paesi vicini ce n'erano sempre, profughe che s'erano fermate lì, invece di andare ad alzar le gonne più indietro, in città. A Verona, a Bologna. A Milano, dove la lira gira. Quella volta però, dopo le fucilazioni della brigata Catanzaro, invece di andare a ragazze gli arditi avevano fatto la posta ai carabinieri. Erano rimasti ad aspettare nascosti nel fossato, fra le foglie delle gaggie. Era una bella notte di luna. E quello era passato davvero, da solo, colla lanterna in testa, foderata di stoffa grigioverde: e il moschetto in spalla. Erano partiti due o tre colpi, e poi tutti via nella boscaglia, senza stare a vedere se l'avevano beccato o no; ma s'era poi saputo di sì. Il comando aveva mandato in giro degli ufficiali, per spiegare ai reparti che quelli lì non ci avevano colpa se fucilavano, loro eseguivano gli ordini e i traditori e i vigliacchi meritavano di morire. Poi però, ad ogni buon conto, la divisione di arditi l'avevano trasferita da un'altra parte.

«Quel capitano, io lo conosco» borbottò l'uomo dalla palpebra tagliata, senza accorgersi che l'altro non lo stava più ad ascoltare. «Lo conosco benissimo. È rimasto là parecchi mesi. Comandava i plotoni d'esecuzione. Erano carogne tutti, ma quello lì era il più schifoso. Peccato che non ci è capitato a tiro lui, quella notte».

Restò ad almanaccare finché non si fece tardi. L'oste aveva già sbaraccato gli altri tavoli, tirava su le sedie, armeggiava intorno alla serranda. Di malavoglia, i legionari cominciarono ad alzarsi. Al momento di pagare, il primo che si trovò davanti alla cassa, un bruno col fez tirato all'indietro, cavò di saccoccia un fascio di banconote e cominciò a spinger fuori col pollice un foglio blu da dieci corone, di quelli vecchi colle scritte in tutte le dodici lingue dell'impero: sfigurati, ora, da certi nuovi timbri croati o ungheresi, che li proclamavano valuta nazionale. L'occhio dell'oste, però, guatava con amore i biglietti di banca italiani, da cinque e dieci lire, mescolati a quelli imperiali. Quando vide uscir fuori la banconota blu, come una carta segnata dal mazzo d'un baro, fece una smorfia e scosse la testa.

«No, eh?» disse il legionario.

L'oste si strinse nelle spalle.

«Qua siamo patrioti, preferiamo la valuta italiana».

«Vabbè, va'!» sospirò il legionario, e cacciò fuori un biglietto da cinque lire. L'oste si affrettò ad acchiapparlo, per poco non s'inchinava.

«Penzare che giù ar porto ce stanno certi regazzini che per uno de 'sti fogli te ne danno due, de 'sti lenzuoli vostri bblu!».

«A Michè, giù ar porto ce stanno certe regazze che per uno de 'sti fogli nun te dico quer che te danno!».

Il legionario ridacchiò. Mo' a casa staveno tutti a lamentasse der carovita, che la lira nun valeva più gnente: colpa de li pescicani. Qua, invece, la liretta nostra je piasceva a tutti. Ar cambio a la pari, promesso dar governo, nun ce credeva nessuno: no no, voleveno la lira subbito, da nasconnerla sotto er materasso, manco fosse oro: e puro queste so' sodisfazzioni.

Stavano uscendo tutti quanti, e facendo cagnara come al solito, dei Fiumani che volevano dormire loro se ne fregavano!, quando si fermarono di botto; e qualcuno voleva pure tornare dentro, se non fosse che invece quelli di dentro, ignari, spingevano: che c'è mo', usciamo o non usciamo? È che a vedersi lì davanti il Comandante, a quell'ora della notte, col bavero di pel di lupo rialzato e la caramella che sberluccicava, s'erano presi uno spavento: e non sapevano cosa dire. Filar via come se niente fosse, si capisce, non stava bene. Così rimasero tutti quanti lì, allineati come sull'attenti, tanti ragazzoni che non sapevano dove metter le mani: come una scolaresca davanti al maestro.

Lui li squadrò coll'occhietto vispo, finché non ebbe messo a fuoco il tipo dalla palpebra tagliata. Gli si fece sotto, l'osservò di sotto in su: e quello si mise all'attenti sul serio.

«Sei tu Faussone?» domandò Gabriele.

«Sissignore» rispose quello; e deglutì.

«Ho chiesto un uomo capace di tutto, e mi hanno detto di cercare te. Sono venuto a cercarti, lo vedi?».

L'uomo dalla palpebra tagliata sorrise di piacere.

«C'è qui fra questi tuoi camerati qualcuno di cui ti fidi? Ma bada, c'è da andare in giro di notte, e col ferro in mano, come ai vecchi tempi».

Faussone annuì: sì sì, lì ce n'era qualcuno.

«Allora scegline tre o quattro. Basteranno» ordinò seccamente il Comandante.

Di lì a un quarto d'ora eravamo tutti quanti fuori città, in mezzo alla boscaglia, verso Sussak. Gabriele, coi gambali allacciati e il bastone, apriva la marcia, traboccante d'impazienza. Inutilmente avevo cercato di convincerlo che per certe cose c'è la polizia.

«Sì, a Fiume!» mi aveva detto, con un risolino maligno. E in verità, quel poco di polizia che c'era ancora in città, non più pagata da nessun ministero, ben difficilmente avrebbe avuto voglia d'occuparsi d'un "caso" del genere. Quanto ai carabinieri, dopo la disparizione del loro capitano e della valigia famosa, s'eran fatti mogi: non uscivano neppure dalla caserma, aspettavano l'irruzione delle truppe regie come una liberazione da quella Babilonia.

Ma c'era anche qualcosa di più, che non l'impotenza o peggio della questura, a indiavolare così Gabriele. Quella ragazza, colla sua docilità, prima che lo stupore della cocaina se la prendesse, e con quei marchi che portava nella carne, gli aveva fatto balenare un abisso ancora tutto da sondare: lui, che credeva d'averli prosciugati tutti. E non avrebbe tollerato che altri palombari s'avventurassero in quel buio prima di lui.

Delfina, ch'era con noi, ci guidava in mezzo alla campagna già isterilita dal soffio crudo dell'inverno. Subito s'era spaventata, non voleva a nessun costo; ma quando vide gli arditi, e il Comandante, si rassicurò. Mancava poco all'alba, e tutt'intorno spirava un freddo di morte.

«No xe lontano» aveva detto. Quelle poverette facevano la strada due volte, tutti i giorni: all'imbrunire, e poi nel cuore della notte. Qualche uomo, risultava a Delfina, le accompagnava sempre, e tornava a riprenderle, perché non se ne perdesse nessuna della mandria. Eran contadine: si toglievano le scarpe e le appendevano al collo, per non sciuparle in quel fango e in quell'acqua. Camminavano scalze, e poi, giù in città, s'asciugavano i piedi, prima di cominciare a battere il marciapiede.

«Xe là» disse a un tratto. Ci fermammo. Una casupola di contadini, imbiancata a calce, luccicava poco lontano, sotto la luce d'un brandello di luna emerso proprio allora dalle nuvole. All'avvicinarci, vedemmo che per entrare bisognava arrampicarsi su un muro alto più d'un uomo, irto di cocci di bottiglia, oppure forzare il cancello. Faussone si accordò rapidamente coi camerati, in guerra ne avevano vedute ben altre! Forzarono il cancello così in fretta che il cane da guardia alla catena, scarruffato, gli occhi rossi per la rabbia e la fame perenne, fece appena a tempo a uscire torpido dal sonno, rizzare il pelo e mostrar le zanne; e aveva già un ferro in gola, agitava le zampe sempre più debolmente. Aveva abbaiato, una, due volte, rauco; in casa si accese una luce, una finestra si spalancò, ma gli arditi erano già dentro. Partì un urlo di spavento, d'una donna; poi silenzio.

Gabriele si voltò verso di me, con aria interrogativa; eravamo rimasti al cancello. S'era levato un poco di vento, e quello strideva, sui cardini rugginosi.

«Che dici?» indagò.

Mi strinsi nelle spalle. Ma già altre luci s'accendevano, e Faussone usciva dalla porta, scendeva quei due o tre gradini, spingendosi avanti un uomo colle mani avvinte dietro la schiena.

«C'era solo questo qui, Comandante, via libera» annunciò; e come quello, legato, fece per divincolarsi e scappar via, gli diede uno scossone tremendo. La palpebra tagliata gli tremava.

«Bravo Faussone, lavoro ben fatto» si complimentò il Comandante; e quel bravaccio arrossì come una ragazzina.

Entrammo nella casa. C'era puzzo d'umidità, e di materassi vecchi, e di cibo riscaldato. La luce elettrica era in cucina, illuminava un acquaio, una tavola zoppa coperta d'incerata, pareti nude. Di lì s'entrava nella stalla, dove però non c'erano né letame, né bestie: se non tre ragazze spaurite, che fino a un istante prima dormivano buttate su certi materassi, sotto ruvide coperte da cavallo, e ora, cogli occhi sbarrati, scarmigliate e lacrimose, s'erano aggruppate tutte assieme nell'angolo più buio. Un ardito le sorvegliava: aveva portato dentro un lume a petrolio, poi non aveva trovato dove appoggiarlo, e se ne stava lì, come in una tela del De La Tour.

Il Comandante entrò, io presi la lampada e illuminai le ragazze. Avevo fatto entrare con me Delfina, e lei le accostò, cercò di rassicurarle. Una l'aveva riconosciuta e s'era un po' tranquillizzata a due parole che le disse, miste di non so che gergo nostro e slavo; le altre due, invece, continuavano a tremare, non capivan nulla. La ragazza dalle cicatrici, inutile dirlo, non c'era.

Tornammo nel cortile. Il pozzo era lì, sinistro. Il Comandante disse a Faussone di portar fuori il prigioniero. Gli accostai la lampada al volto: una fisonomia di faina, lo zigomo sfuggente, il pelo biondastro. Lo interrogammo. Era slavo, non parlava, o ostentava di non parlare, una parola d'italiano, ma fra gli arditi c'era chi sapeva la sua lingua. Quando capì quel che gli chiedevamo, si mise a tremare, s'inginocchiò quasi, voleva abbracciare gli stivali di Gabriele, che si ritrasse in fretta: tanto che gli cadde la caramella. Gli si disse che se non voleva finir subito lui in quel pozzo, doveva dirci se c'era la morta. Rassicurato, ebbe un ghignetto: e faceva di sì, di sì, col capo.

Mentre gli uomini di Faussone s'ingegnavano ad arrivare in fondo al pozzo, noi con Delfina e con quel legionario che parlava croato interrogammo le ragazze. Un po' piangevano e un po' ridevano: rinfrancate, ora che avevano capito che eravamo soldati della Reggenza e non briganti, e pure vergognose di dover raccontare. Fra loro si conoscevano appena, e quanto alla ragazza morta, una sola di loro aveva fatto in tempo a intravvederla; ma la picchiavano sempre, disse, spalancando gli occhi. Due di loro erano croate, ma non dell'entroterra, venivano da province lontane, in mezzo alle montagne; la terza non si poté comprendere da dove veniva, non parlava nessuna lingua conosciuta, e d'italiano sapeva soltanto quelle due o tre frasi smozzicate che le avevano insegnato, a furia di bastonate, perché potesse lavorare: qualche cifra, e qualche parola irripetibile.

Documenti non ne avevano. Come fossero giunte fin lì non fu facile capirlo, ma era chiaro che non ci stavano di loro volontà. Una, riferì Delfina che con lei s'intendeva meglio, era scappata di casa dove moriva di fame, dopo che il padre era morto in guerra; s'era messa con un uomo, uno del paese che era andato a stare in città e ogni tanto tornava con qualche soldo in tasca; poi, be', ecco com'era andata a finire. No, disse quando glielo chiedemmo, quell'uomo non c'era lì, non lo vedeva più da chissà quanti mesi: l'aveva venduta, e quelli che l'avevano comprata l'avevano ancora rivenduta ad altri, prima che la trasportassero fin lì. A quel punto non c'era più niente che non le fosse stato fatto, e niente che non potesse essere costretta a fare. Ci mostrò, sulle braccia, le bruciature delle sigarette, vecchie già di mesi, con cui l'avevano punita, quando credeva ancora di potersi ribellare. Delfina non volle guardare, piangeva. L'altra, invece, volle vedere, confrontare; anche lei aveva le medesime bruciature, ma non soltanto sulle braccia. Costei parlava un po' d'italiano imbastardito. Dopo un po' ne ebbi abbastanza, e portai via Delfina, che stava per vomitare, disse, in quel tanfo di stalla; ma Gabriele restò. Pareva che capisse tutto, ormai, talvolta tacitava addirittura l'interprete, con un gesto perentorio. Stava ascoltando un racconto quale neppure lui avrebbe saputo escogitare. Nell'immaginazione, vedeva le ragazze nude come bestie, esibite e messe all'asta; i lividi e il sudicio lasciati sui corpi dai trafficanti ubriachi, durante e dopo la vendita: e sentiva, come se l'avesse dentro, la docilità abietta della carne, dopo che ha conosciuto il coltello. E come sempre, era tradito da non so che cosa che aveva dentro: per cui, come a Re Mida in oro, a lui tutto, ma tutto!, si trasmutava in sensazione di bellezza. Le parole stentate delle ragazze fiammeggiavano dentro di lui, coniate in oro.

Nel cortile, Faussone mi chiamò. Ci avvicinammo.

«No, signor capitano, la signorina è meglio che non viene» ci fermò. Proprio così l'aveva chiamata, signorina. Fra le lacrime, Delfina ebbe un sorriso.

«Va', io ti aspetto qua» mormorò. «Non voglio vedere».

Dal pozzo avevano tirato fuori un manichino sgangherato. S'erano messi i fazzoletti davanti alla bocca, e facevano cerchio tutt'intorno. Solo al prigioniero non l'avevano dato, un fazzoletto; anzi lo costrinsero a inginocchiarsi su quella cosa, a calci nelle reni lo spinsero colla faccia, colla bocca su quella cosa.

8
I divoratori di carne cruda

Quella notte, Gabriele si rinserrò nel suo studio insieme a Faussone, e non ne uscì che all'alba.

«Veramente» disse «io ho veduto e sentito quel che non pareva possibile, che non pareva credibile. Certo, negli anni della guerra giungevano voci. E i serbi, allora, erano nostri alleati! Pure si risapeva com'essi mozzavano le orecchie, strappavano gli occhi e la lingua ai prigionieri. Ma questo passa ogni infamia».

Faussone, che pure lo ascoltava serio, a quel cenno d'orecchie mozzate ebbe un barlume di sorriso, che non sfuggì al Comandante.

«Già! Lo so che anche voi arditi, qualche volta... Ma io ho sempre saputo d'orecchie mozzate ai cadaveri, non ai vivi».

L'altro ebbe un gesto di ribrezzo.

«Eh, crispa! Ne ho tagliate anch'io, orecchie tedesche e orecchie ungheresi; ma ai morti, si capisce».

«E loro» lo stuzzicò Gabriele «hanno cercato di cavarti gli occhi?».

Faussone si sfiorò col dito la palpebra tagliata, con una delicatezza femminea, impensabile in un marcantonio come quello.

«A dire la verità, è stato uno dei nostri, all'osteria. Con un collo di bottiglia. Dieci giorni di rigore!» sorrise nel ricordo.

Gabriele si strinse nelle spalle, una cicatrice così poco eroica non gl'interessava già più.

«Basta!» ripigliò. «Ora tu m'hai inteso. Bisogna, capisci, bisogna che quel ch'è accaduto non resti impunito. E certo noi non passeremo la pratica alla Questura o ai carabinieri, come scritturali intenti solo a sfuggire i fastidi. No: è a noi che tocca. A te e ai tuoi compagni, che ieri avete veduto e udito. Io ho piena fiducia in te. Interrogate il miserabile, estorcetegli i nomi, i covi degli altri aguzzini. Li voglio tutti».

Faussone annuì, serio. Aveva capito benissimo. Io, invece, quando Gabriele mi spiegò questa sua intenzione di farsi poliziotto restai a bocca aperta: era l'ultimo mestiere in cui mi sarei figurato di vederlo debuttare. Mi sbagliavo, come si vedrà. Ma che avesse già precisamente in mente quel che sarebbe successo, questo no, non riesco a crederlo: non era da lui; non l'avevo mai veduto darsi pena delle conseguenze, meno che mai a così vaga scadenza.

Per qualche giorno, del resto, nessuno fece più cenno a quella notte memorabile; né la situazione politica, che andava precipitando dopo la firma degli accordi di Rapallo, ci avrebbe permesso di distrarre tempo ed energie. Si aspettava da un giorno all'altro un passo senza ritorno del governo italiano: e infine giunse, portato da due ufficiali, sul dopopranzo d'un venerdì di dicembre.

Manco a farlo apposta, era venerdì 17. Gabriele mi aveva annunziato il dì precedente la sua intenzione profilattica «di astenermi da ogni parola e da ogni atto. Rimarrò immobile dinanzi alla faccia della calendària medusa». Invece dovette riceverli, facendo le corna nella tasca. Era persuaso che l'avesse fatto apposta, il Caviglia, a mandarglieli in quel giorno; o magari l'aveva macchinato lo stesso Giolitti, dal suo covo romano. I due, un maggiore e un capitano, arrivarono in macchina, preceduti da uno scambio di telefonate compunte: come se la nostra segreteria fosse quella del Vaticano, e loro due monsignori in visita. A vederli, poi, parevano due ecclesiastici per davvero: un grasso parroco di campagna e il suo accolito. Ma l'ultimatum del Caviglia, di cui erano latori, non era gesuitico per nulla. Anzi, brutale: resa e sgombero delle truppe fiumane, entro le 18 del 21 dicembre. Scaduta quell'ora, i nazionali avevano ordine di attaccare.

Dalle smorfie dei due, si capiva che non l'avrebbero voluto portare, quell'ultimatum. C'eravamo sempre detti che gli ufficiali del Regio Esercito, in cuor loro, stavano con noi, e a giudicare da quei due lì non avevamo torto (ci sbagliavamo invece, e moltissimo!, quando credevamo che ciò avrebbe dissuaso il governo dall'attaccarci). Con tutto questo, ciascuno dei due stava con noi alla sua maniera, e non avrebbero potuto essere più diverse. Il maggiore Lopresti era il vero tipo dell'ufficiale di carriera d'altri tempi, invecchiato al ministero, e affezionato alla vita impiegatizia; il capitano Lojacono, invece, sprizzava energia, benché gli toccasse star zitto: perché latore della missione era l'altro, e lui mandato solo per figura. Strinse la mano a Gabriele, però, con tutto l'entusiasmo dell'adepto; vidi la sua smorfia di dolore, di Gabriele dico, mentre l'altro lo stritolava così, e temetti che lo aggredisse con parole sgarbate, come già altre volte l'avevo veduto fare: ma si trattenne. (Se ne lamentò, però, con me, ancora il giorno dopo, mostrandomi la manina mortificata. Si sa che le amava morbosamente, le sue mani: appartenenti, secondo lui, non già al regno animale, bensì alla flora sottomarina).

Letto ch'ebbe l'ultimatum, Gabriele si strinse nelle spalle.

«Loro sanno che io tengo Fiume e la terrò» disse. I due si strinsero nelle spalle anch'essi, il Lopresti con pazienza cristiana; ma gli occhi del Lojacono fiammeggiavano.

«E se si cercherà di scacciarmi di qui col cannone, appiccherò un tale incendio che le scintille ricadranno fin sul Quirinale» aggiunse Gabriele.

Il maggiore sussultò, il Quirinale sarebbe stato meglio non toccarlo.

«Non sta a me esprimere opinioni personali» profferì cautamente. «Ma la nostra povera Italia non ha bisogno d'incendi oggi, è già incendiata di bandiere rosse, e sa Iddio se noi non dovremmo essere in patria a spegnere quel fuoco, anziché qui a rischiare d'accenderne un altro. Ma lei pure, Comandante, cerchi di capire che ormai non c'è via d'uscita».

«Non c'è via d'uscita!» obiettò Gabriele; e lo dardeggiò sprezzantemente col monocolo. Non gli era mai piaciuto che qualcuno gli dicesse "cerchi di capire". Lui capiva benissimo.

«Non c'è via d'uscita!» ripeté. «E voi vorreste suggerirmi quella della condiscendenza e dell'umiliazione?».

Il maggiore protestò.

«Umiliazione, poi! Il Comandante uscirebbe da Fiume con la gratitudine imperitura della patria. Del resto, sono autorizzato a comunicare che non appena tutte le difficoltà saranno appianate, Sua Maestà ha intenzione di conferirle, in segno del Suo augusto compiacimento, il titolo di Conte di Fiume».

Gabriele si volse verso di me, storcendo la boccuccia.

«Conte di Fiume!» borbottò, ironico. «E perché non Bano di Croazia? Di', Tom, non ti pare che suoni meglio?».

Poi, volgendosi ai due ufficiali ammutoliti:

«Ricordo che un giorno, al fronte, dopo la discorsa d'un Generale sedentario in lode della fanteria, un veterano con le tasche piene di petardi e di cicche scrisse col gesso, sul tavolato della baracca, questa sentenza sdegnosa in un suo latino: "No voglamo ingomii". Ebbene, non vogliamo encomii neppur noi».

Il maggiore voleva obiettare, ma Gabriele non glielo permise.

«Io vi ripeto, o signori, che non uscirò da Fiume, né da plebeo né da conte. Io sono il Reggente del Carnaro, non ho bisogno di titoluzzi nobiliari. E se il governo oserà impiegare la forza contro di me, qui s'accenderà un tale incendio che illuminerà non l'Italia, ma l'Europa e il mondo. Già oggi tutti i popoli oppressi della terra guardano a me, non aspettano che un mio cenno». Questa era l'ultima sua trovata pubblicitaria, e in quei giorni gli era carissima; la ripeteva continuamente, e avevo perfino cominciato a chiedermi se non ci credesse davvero. «Son tutti con me» proseguì imperterrito: «dall'indomito Sinn Féin irlandese, alla bandiera rossa che in Egitto unisce la Mezzaluna alla Croce. Basta un mio cenno, e tutte le insurrezioni dello spirito contro i divoratori di carne cruda e contro gli smungitori di popoli inermi si riaccenderanno alle nostre faville che volano lontano!».

«Forse troppo lontano, Comandante. Forse, quelle faville volano fino in Russia» osò il Lopresti.

Gabriele lo guardò sdegnosamente.

«Ancora! Ancora voi non capite! Non capite che in nessun luogo della terra oggi si respira la libertà come in Fiume! E non comprendete che chi vive una tale libertà non ha bisogno di Russia! Non comprendete che la vera novità di vita non è là dove la dottrina di Lenin si smarrisce nel sangue, ma qui, dove il cardo bolcévico si muta in rosa italiana, in rosa d'amore! E quella rosa, voi vorreste svellerla! Ma badate, ch'essa è armata di spine!».

Il maggiore Lopresti sudava. Si asciugò la fronte, e cercò il modo d'uscire dall'impiccio in cui s'era cacciato.

«Io non posso dir altro, Comandante. Non sta a me predicarle, non dico l'obbedienza!, ma la rassegnazione. Noi due, mi permetta, siamo esattamente coetanei. Ma io ho veduto qui in Fiume, mentre attraversavo la città e il Palazzo, i giovani di cui lei si è circondato, e capisco che con loro non è di pazienza e di rassegnazione che si può parlare».

Le narici di Gabriele fremettero, esser coetaneo del Lopresti non gli garbava.

«C'è una giovinezza dello spirito, e c'è una decrepitudine dello spirito» sentenziò. «L'Italia è giovane, se ne frega delle camorre romane. Pazienza e rassegnazione non fanno per noi. Gli uomini che ho intorno sono temprati dall'acciaio dei pugnali, dal grasso delle mitragliatrici, dall'olio dei motori, come volete che si pieghino all'inchiostro viola dei timbri ministeriali?».

Al capitano Lojacono brillavano gli occhi, ma il maggiore Lopresti si strinse nelle spalle. Quando parlò, la tristezza gl'incrinava la voce.

«Come risponderle? Forse ha ragione lei, è questo il mondo nuovo, lubrificato dall'olio dei motori. Forse la civiltà della razza bianca va incontro a una serie di generazioni senza scrupoli e senza riguardi, proprio come i giovani ch'Ella apprezza tanto: generazioni di sportivi, di meccanici e di ingegneri; generazioni in velocità, sprezzanti di vincoli, di soste, di discussioni e di leggi» qui s'interruppe, e guardò il Lojacono, il quale chissà perché distolse lo sguardo; «generazioni» riprese con acredine il maggiore «per le quali la nostra di lavoratori onesti, modesti e parsimoniosi, devoti a Dio, al Re e alla patria, apparirà composta di animali tardigradi, amanti della chiacchiera e capaci di godere solo nella statica della vita».

Tacque. Nessuno disse niente. Il maggiore si schiarì la voce, che era diventata rauca.

«Mi permetta di congedarmi, Comandante, ho compiuto il mio dovere. Riferirò al generale Caviglia ch'Ella ha preso conoscenza dell'ultimatum».

S'alzarono tutt'e due e s'inchinarono brevemente, alla militare. Uscirono. Gabriele si voltò verso di me, si levò il monocolo. Sempre più spesso lo trovavo stanco.

«Non si può negare una certa intenzione di cortesia!» borbottò. «Nella Corte di Bisanzio, era costume che tre ufficiali del Palazzo presentassero cerimoniosamente sopra un lucido piatto d'oro il laccio di seta ben attorto a colui che doveva con le sue stesse mani strangolarsi. Qui hanno soltanto risparmiato sugli organici».

A un tratto la porta s'aprì: era il capitano Lojacono, e rientrava solo. Gabriele si rimise precipitosamente il monocolo.

«Comandante...» cominciò il Lojacono, trepidando.

Attendemmo.

«Comandante, perdoni l'ardire, non posso andar via da Fiume senza un suo autografo!».

Gabriele sorrise amabilmente, e mi fece un cenno. Io m'avvicinai all'armadio, lo aprii, ne trassi una fotografia; ne avevamo stampate cinquecento pochi mesi prima, ed erano già quasi finite. Un salasso: Gabriele aveva insistito per pagarle con i soldi suoi. Gliela porsi. Il Comandante cavò la stilografica, rifletté un istante, poi attaccò a scrivere; ma s'arrestò di colpo. Mi accostai per sbirciare, aveva scritto:

Al capitano Matteo Lojacono
che ha respirato l'aria di Fiume
incendiata d'ardore di libertà
affinché riporti all'Italia l'ardore di quel fuoco.
In Fiume d'Italia, venerdì...

... e su quel venerdì s'era raggelato. Lo vidi inghiottir saliva e prendere tempo. Ma non tardò a riprendersi. Completò:

... venerdì 16 + 1 dicembre, 1920.
Gabriele d'Annunzio.

Il capitano baciò furtivamente l'immagine, la fece sparire in tasca, s'inchinò e disparve.

Imbruniva, quando un'altra visitatrice salì ratta le scale del Palazzo. Non calcava i gradini di pietra adriàtica con stivali lustri da conquistatore, come i due figuri che l'avevano preceduta. Quelli però sbugiardavano, con l'incertezza del gesto e la vergogna delle facce, la liturgia governativa e guerriera che pretendevano d'officiare, mentre la piccola visitatrice vespertina, àugure di ben altra liturgia, raggiava in volto, lei sì!, la conquista e il possesso: del Palazzo, e del suo padrone.

Fino a quel momento il Comandante s'era tormentato, e aveva tormentato anche me, percorrendo le clausole brutali, e cercando invano una soluzione. Una volta escluso d'arrenderci, non restavano aperte molte vie. Per un momento valutò seriamente se mandare una squadra di fegatacci, nottetempo e profittando di certe collusioni che vantava, fino a Trieste a rapire il Caviglia nel suo letto; e si sarebbe anche potuto riuscire, dopotutto ne avevamo già sequestrato più d'uno di generale dacché eravamo lì a Fiume!, ma perfino Gabriele capiva che stavolta il gesto, per quanto memorabile, non avrebbe mutato d'un filo la situazione.

Perciò quando Italo venne a bussare e a riferirgli che "la signorina" chiedeva di lui, con quell'istinto inequivocabile dell'usciere o del cameriere dell'Urbe, che non ha bisogno d'istruzioni per distinguere al volo fra una signorina qualunque e quella che ha diritto all'articolo determinativo, Gabriele colse al volo l'occasione di sciogliere la seduta.

«Ci penseremo domani» dichiarò sbrigativo, mettendomi alla porta; ed io avevo sentito quella frase così spesso, nel corso del nostro sodalizio, che non mi venne neppure in mente di protestare. Più d'una volta, quando il fastidio rimandato era il pagamento d'un debito increscioso o la scadenza d'una cambiale, l'indomani aveva portato uno *chèque* inaspettato colla posta del mattino, o magari anche la scampanellata di un editore col cappello in mano, pronto a firmare anticipi senza discutere pur d'ottenere una promessa del Vate. Chi lo sa, mi dissi: magari ce la caveremo anche stavolta. Quanto a Gabriele, era già tutto preso dal colloquio colla visitatrice inattesa. Affermare che avesse pensato molto a lei, in quegli ultimi giorni, non sarebbe forse interamente veritiero; ma la memoria della carne, la più certa, gli si risvegliò all'istante.

«Sei venuta per la mia fame?» mormorò quando se la vide davanti, scoprendo i canini in un sorriso avido.

«Sono venuta per la *mia* fame» gli sussurrò Cosetta nell'orecchio; poi lo morse piano sul collo.

Altre spiegazioni non occorrevano. La porta venne serrata a chiave. Poiché erano affamati entrambi, la congiunzione fu perfetta. (Gabriele mi confessò poi d'averla trovata tiepida sotto le ascelle, quasi fredda alla punta della mammella sinistra. Nel giuoco di Cosetta, quella era la mammellina cattiva, che meritava d'esser spesso punita: tutte le carezze, tutti i baci erano per la mammellina buona, la destra).

Era buio da un pezzo quando emersero dal torpore acqueo, svincolandosi dal sudario cieco e zuppo.

«Ora ho fame davvero» annunziò Gabriele, ridendo. E in verità la fame lo mordeva al ventre, come può accadere solo quando il corpo impazzito ha consumato i suoi minerali senza risparmio. La fame gli faceva male, un male fisico. Si spezzò un'unghia, nella fretta d'aprire una scatola di biscotti. Dimenticò persino d'offrirne a Cosetta: mangiò avidamente, con un meraviglioso piacere, seduto sulla sponda del letto, asciugandosi il sudore che gli rigava il collo.

«È come se avessi vangato un campo intiero» rise. «I contadini hanno fame così, sul mezzogiorno» aggiunse.

«Sono il tuo campo?» mormorò Cosetta abbracciandolo. («E non sapeva» commentò Gabriele, ilare, «d'avere appena citato il Corano»).

«Tu sei il mio campo e il mio raccolto» sussurrò lui. «Vuoi un biscotto?».

Cosetta scosse la testa.

«Dammi qualcosa da bere, piuttosto».

Gabriele si levò, cavò dall'armadietto la bottiglia del cognac, ne versò un bicchierino, fino a metà: ma cogliendo lo sguardo imperioso di lei ne aggiunse ancora, fino all'orlo.

Cosetta lo bevve d'un fiato.

«Che bei frutti!» esclamò poi: nell'armadietto rimasto aperto troneggiava un piatto di pere e uva.

«Ne vuoi?».

«Certo!».

Mangiarono tutt'e due, con bramosia, colando sugo e scambiandosi la polpa nei baci. L'uva, dissossata, sbucciata, mutava sapore, scivolando da una bocca all'altra.

Solo a questo punto Gabriele s'incuriosì di quella visita non richiesta né preannunziata.

«Come sei venuta?» l'interrogò.

«Che t'importa?» rise lei, sfacciata.

«E a casa che hai detto?» insisté lui. Ogni tanto si ricordava che per la gente comune l'esistenza comportava, perfino a Fiume!, fastidiosi risvolti pratici.

«Che t'importa?» ripeté lei, cogli occhi che brillavano di allegria cattiva.

Gabriele si mise a ridere.

«Pensare che la prima volta che t'ho vista, ero incerto se classificarti come l'educanda scemetta, o la signorina che ha paura di papà».

«Ah, davvero!» s'indispettì lei; ma tornò subito a sorridere.

«Che hai fatto in tutti questi giorni? Mi hai pensata?».

«T'ho pensata ogni notte. Di giorno no: non volevo mescolarti alla melma».

Cosetta sentì l'amarezza del tono: e spalancò gli occhi.

«Che cosa succede? Dimmelo!».

«Succede che siamo venduti. Fiume è venduta» masticò amaro Gabriele. «In città sono istituiti un beccaio nazionale e un ammazzatoio nazionale per decreto del Regio Governo. Chi non vuol essere sgozzato ha tempo fino alla sera di martedì per passare la barra».

«E tu te ne andrai?» esclamò Cosetta, sbigottita.

Gabriele sobbalzò. («M'infastidì ch'ella avesse potuto appena pensarlo» mi disse poi. «Sarò stato ingiusto, lo so: in lei parlava lo spavento, non il sospetto. Pure m'infastidì»).

«Certo che no! Oh, qualcuno se ne andrà, i legionari sono liberi. Chi depone le armi riceverà dall'altra parte un paterno elogio, una congrua mancia, e sarà iscritto d'ufficio nell'Associazione dei Disertori Amnistiati, che è tra le più floride e più remunerative del Regno. Ma non saranno in molti a mangiare di quel pane. No, noi resteremo a mangiare il pane duro di Fiume, e io a mangiare te» concluse, accostandole la bocca alla carne tremante.

La fame era rinata in entrambi, brutale. Gabriele gustò con la lingua le labbra dure, lustrò i piccoli denti. La sentì tremare nell'abbraccio, tornò a rovesciarla. Trovò l'altra bocca oscura. Era calda, quasi scottante.

«No, tu non te ne andrai!» sussurrò lei, mentre l'attirava.

Lo tenne dentro di sé a lungo, con avidità, finché ebbero fiato.

«Ho ancora sete!» fu la prima cosa che riuscì a dire, dopo che lui l'ebbe schiodata. Gabriele le offrì un grappolo; ma Cosetta scosse la testa.

«Cognac!» disse, imperiosa.

Bevve; Gabriele, accanto a lei, si beava dei segni che le aveva lasciati nella carne.

«Ora un biscotto» comandò Cosetta. Mangiava in fretta, con subitanea voracità. Gabriele vide ch'era stravolta, e se ne compiacque. Aveva sul labbro una scalfittura rossa; e sul collo, sotto l'orecchio, un marchio molle e scuro, come una violacciocca.

«Davvero non vuoi un altro frutto?».

Cosetta scosse la testa.

«Non sono io il tuo frutto?» sorrise, di nuovo felice. Gabriele annuì.

«Anzi molti. Queste, qui, non son due ciliegie? Anzi no, piuttosto due nocciolini di ciliegia» scherzò, sfiorandole con le punte delle dita i capezzoli minuscoli ed esangui. Cecilia fece una smorfietta d'indignazione.

«E questa» proseguì Gabriele, spingendo più in giù la carezza, «cos'è questa che si spacca così? Una pesca? O una susina?».

«Una susina» sussurrò Cosetta, rapita.

«La chiameremo così, d'ora in poi: la Susina» stabilì Gabriele.

Lei gli si strinse con improvviso ardore, gli coprì di baci il cranio calvo.

«Come sei bello!» mormorava. «Com'è bello il tuo cranio!».

«Ah, lo so, è stupendo» confermò lui, senza stupirsi. «È un oggetto sovrumano, un punto d'arrivo dell'evoluzione. D'altronde vedrai che presto tutti mi imiteranno: la beltà futura sarà calva».

«Nessuno sarà come te. Ariel, devo andare» s'intristì d'un tratto Cosetta. Sedette sulla sponda del letto, rintracciò una calza dalle profondità delle coperte sfatte. Storse la bocca a un tratto, in una smorfia di dolore.

«Cos'hai?».

«Niente. Mi fa di nuovo male la gamba. Non è niente ti dico, ci sono avvezza» rispose; ma s'era indurita a un tratto, nella voce e nel volto.

Cercò l'altra calza senza trovarla. Disfecero intieramente il letto: nulla.

«Ma io non posso andare a casa senza una calza!» si allarmò Cosetta. Per la tensione di quel pomeriggio, le premevano le lacrime agli occhi. («Mutava umore d'improvviso, a sbalzi» osservò Gabriele).

Finalmente ne vennero a capo, la calza era per terra sotto la vestaglia del Comandante. Se l'infilò, mordendosi le labbra. Poi corse allo specchio, lanciò un piccolo grido di sgomento vedendosi il marchio al collo, lo fece sparire destramente annodando una sciarpetta.

«Vado. Potrò tornare?».

«Devi tornare. Aspetta!».

Sfilò una rosa da un vaso, ne sfogliò i petali, glieli porse.

«Questi devi tenerli fra i seni, fino a quando non verrai di nuovo. Allora li mangerò».

Oggi una signorina si metterebbe a ridere ricevendo un tale ordine; ma Cosetta annuì, obbediente.

«Vorrei passare una notte con te» disse ancora, supplichevole, sulla porta.

«Bada» l'avvertì Gabriele. «Ultimamente ho accessi notturni di licantropia».

Cosetta scappò via, ridendo.

Gabriele sbadigliò, si guardò placidamente intorno, raccolse da terra la vestaglia e l'infilò. D'un tratto sentì freddo, e si diresse al bagno, per riempire la vasca d'acqua calda. Su di un tavolino, cui erano malamente accostate due seggiole, rivide il foglio dell'ultimatum, violaceo di timbri. Una punta di fastidio gli si smosse nel ventre; ma la scacciò. Oh, be', vedremo, pensò pigramente. Domani vedremo.

9
Okiku

Il mattino dopo non portò consiglio, né *coups de théâtre* organizzati dal Fato; e l'intera giornata trascorse, sotto il battere ostinato della pioggia, senza che il filo potesse essere dipanato. Per quanto Gabriele lo rivoltasse da una parte e dall'altra, il testo dell'ultimatum era inequivocabile. Mai, in tutti quei mesi di traccheggiamenti e di mezze misure, era arrivato da Trieste o da Roma un segnale così univoco. Peggio: la stampa, concorde, prevedeva che in caso d'ostinazione nostra il Caviglia avrebbe proceduto, e il governo non sarebbe caduto; anzi era certo che terrebbe benissimo, col plauso unanime. Nemmeno l'opposizione si sarebbe opposta.

«Vorrà dire che ci faremo ammazzare» commentò seccamente Gabriele, a mensa. E fece finta di non vedere le facce dei più, che badavano a ingozzarsi, il muso chino sul piatto. Ma quella notte, rimasto solo, le ripassò una dopo l'altra: e non poteva dormire.

«Che importa? Mi farò ammazzare io solo» cercò di persuadersi. E davvero, cos'altro fare? Tornare a casa, e seguitare a vivere? Ne vale forse la pena?

I nervi logori gli suscitavano immagini strazianti: di se stesso che saliva in treno, con la bombetta in testa e la valigia. La gente non avrebbe creduto di vedere D'Annunzio, ma Ridolini. C'era da stupirsi che laggiù in America non ci avessero ancora pensato, era già pronto anche il titolo: *Ridolini conquistatore*.

La pena gli crepava il cuore. Davvero la vita è così, può disperdersi in rigagnoli senza senso? Ma, e quando mi sarò fatto ammazzare, ne guadagnerà forse, il senso? No, non ce n'è neppure a farsi ammazzare così, con la palla d'un 91 in corpo: uscita da una macchina d'acciaio italiano, manovrata da un'operaia italiana, cui forse dava gioia nella fatica l'illusione che quel piombo fuso col suo sudore finirebbe ad avvitarsi in carne austriaca...

Il silenzio notturno gli era increscioso, e gli scricchiolii dei mobili decrepiti. Si levò a sedere sul materasso che le sue ossa aguzze, in quel lungo rigirarsi, avevano già reso inospitale. Prima d'allora, in ciascuna delle case dove aveva vissuto, simili momenti d'angoscia si dissipavano contemplando e palpando cose belle: per questo se ne circondava, come d'uno sbarramento d'offerte. A Fiume, però, non ne aveva portata con sé nessuna («I gusti del Comandante» ebbe a dirmi una volta, sogghignando, «non sono, fortunatamente, quelli di Gabriele d'Annunzio»). Restavano, certo, i libri. Infilò i piedi nelle pantofole, si buttò sulle spalle la vestaglia, s'accostò ai pochi volumi disposti ad arte sulla ribalta d'un *bureau*. Non per trarne consolazione, questo lo sapeva già (neppure i libri sublimi gliene davano, ma piuttosto una sorda rabbia: di non averli scritti lui). Ma un augurio sì, l'avrebbe tratto. Al buio tastò fra i volumi, ne sottrasse uno a caso. Poi accese il lume. Era il *Teatro* del Marlowe. Alzò le sopracciglia, scosse il capo e lo aprì, ancora a caso. Gettò l'occhio e lesse:

FAUSTUS How comes it then that thou art out of hell?
MEPHOSTOPHILIS Why, this is hell, nor am I out of it.

Ecco, pensò Gabriele. Giustappunto. E mai, mai ne sono uscito. Ma l'abitudine dello sgobbo non l'aveva lasciato mai: e s'applicò a cercar di tradurre quel distico in versi italiani.

Come dunque sortisti dall'inferno?
Sappi che qui è l'inferno, ed io qui sto.

(Mi confessò poi, raccontandomi questa sua notte di pena, che la traduzione non lo soddisfaceva. Intravvedeva nell'originale chissà quale significato che non gli pareva d'esser riuscito a restituire.

Io non capivo, ma non me ne curai, Gabriele in queste cose era sempre stato d'un perfezionismo esasperante).

E l'ultimatum scade domani!, s'accorse a un tratto, pieno d'angoscia. Sì, scade, e non c'è forza al mondo che possa impedirlo, né Dio né il diavolo!

Oh, be', piano, si corresse, ispirato da un'inattesa speranza. Chi l'ha detto, dopo tutto? Bisogna provare! Al punto in cui son giunte le cose, bisogna provare. E cos'ho da perdere? Nulla.

Si grattò la testa. Una voce dentro di lui gli diceva che quello che stava per fare era un'idiozia. La tacitò comunque: l'aveva già sentita tante altre volte, quella vocetta da grillo parlante, e s'era abituato a non ascoltarla; e per lo più se n'era trovato bene. Non si figurava da che parte cominciare, però. Bisognava forse pronunziare qualche formula a voce alta? No, queste son cose da vecchi alchimisti, anzi peggio, cartapesta da teatro: quando il trovarobe, per figurare l'antico *grimoire*, raccatta sulle bancarelle un tomo spaiato de' Bollandisti. Farò tutto fra me e me, decise Gabriele. Il diavolo, se c'è, mi sentirà lo stesso.

Per cominciare, però, bisognava essere ben certi di ciò che voleva chiedergli. Guai a lasciarsi imbrogliare in una transazione come quella! Con soci così sinistri bisogna che sia tutto limpido, da non lasciare appiglio a cavilli. Il rinvio dunque, anzi no, il ritiro dell'ultimatum; e ritiro incondizionato, ve': che se lo rimangino. E trasmesso da una comunicazione ufficiale del Caviglia, con quegli stessi timbri ch'erano sull'altra. E voglio apprenderlo domattina al risveglio.

Lì gli venne in mente che non pel fatto in sé, ma proprio per la comunicazione poteva insorgere qualche difficoltà. Perché insomma, dovrà pur venire da Roma, il contrordine; e poi rimbalzare fin qui. Certo, c'è la radio: e il fonogramma. Ma c'è anche la pigrizia degli uffici, dei militari soprattutto. Dove il caffè ha sempre la precedenza sulla pratica: e se su quella c'è marcato "urgente", tanto peggio per chi crede al potere magico delle parole. Che il caffè intanto si fredda, e sarebbe peccato; e lo zucchero va rigirato, indefinitamente. Mentre rimuginava su questa faccenda, Gabriele ebbe l'idea che proprio l'esserglisi affacciato questo dubbio era forse la prova che qualcuno, di Laggiù, lo ascoltava: e stava già comunicando con lui. L'ora notturna e quel pensiero insolito gli fecero correre un brivido su per la schiena. Ebbene, giocheremo a carte scoperte, pensò. Seppure il contrordine non arriva domattina, potrò aspettare; ma perché il patto sia sigillato mi occorre comunque un segno, e inequivocabile. Che, poniamo, i giornali portino, già domani!, la notizia della caduta del governo. Meno di questo non accetterò.

Ora veniva la parte più difficile: la contropartita. Ma a quel punto non c'era più da scegliere. I contratti come quello eran tutti stesi su un unico modello: meglio che dal notaio. E va bene, pensò Gabriele, sforzandosi di pensare chiaro e distinto, che l'Altro, laggiù nel suo abisso, lo udisse: ti darò l'anima. Certo, potresti averla gratis; e anzi, l'avrai già inscritta ne' registri, e pregustata. Ma bada, è proprio in casi come questo che finisci burlato. Sai quanti monsignori accorrerebbero, se soltanto schioccassi le dita, pentito, sul letto di morte! Così, invece, sarai sicuro: con firma suggellata, in gotico latino. Fa' cadere il governo, fa' levare l'ultimatum, e poi vieni pure colla pergamena, se queste forme ti garbano: la firmerò col mio sangue; e altrimenti, fa' pure conto ch'io abbia già firmato.

La notte sbiadiva. Si ributtò sul letto, stracco, ma chissà come alleggerito d'un peso. Stavolta sì, ho fatto tutto quello che potevo fare, e forse anche un po' di più. Domani vedremo. Ed era così sodisfatto di quel pensiero che s'addormentò quasi subito.

Quando entrai con la posta e i quotidiani nella stanza profumata d'incenso, vidi subito che il Comandante era rôso da un'agitazione insolita. Ci credo, pensai, con quel po' po' d'ultimatum che attende risposta!

«Che novità?» mi chiese velocemente, prima ancora che avessi il tempo di posare il pacco sul tavolo.

Mi strinsi nelle spalle.

«Non granché» risposi. E in verità, le notizie erano le stesse dei giorni precedenti: sulle prime pagine dominavano i movimenti delle truppe attorno a Fiume, e la prossima scadenza dell'ultimatum. Gabriele fece una smorfia, scorse i titoli dei giornali, poi li gettò via con un'alzata di spalle e s'impadronì della posta. Con mia grande sorpresa la sfogliò avidamente, stracciando una busta dopo l'altra ed esaminando il contenuto di ognuna; poi ributtò tutto sul tavolo, deluso.

«Nessuna comunicazione da Caviglia?» insisté.

«Nessuna» risposi, stupito. E davvero, al punto in cui s'erano spinte le cose, non capivo che comunicazioni potesse mai aspettare.

«Ridammi i giornali!» ordinò. E sotto i miei occhi li passò tutti in rassegna, uno dopo l'altro, pagina dopo pagina, con furia crescente. Alla fine li scaraventò via; e con mia enorme sorpresa bestemmiò grossolanamente. Non l'aveva mai fatto: anzi, era qualcosa che detestava.

«Sai che c'è?» mi disse, senza badare al mio stupore, ma con una sorta d'acredine. «Che il diavolo non esiste!».

Che cosa potevo fare? Mi strinsi nelle spalle un'altra volta.

«Non esiste, maledizione! È tutta una burletta!» ripeté, irritato. Stavolta cominciavo a preoccuparmi.

«Non aver paura, non sono diventato matto» mi tranquillizzò, dopo aver incontrato il mio sguardo. «È solo che... oh, be', non importa» concluse. «Che altro c'è?» aggiunse, vedendo che non me ne andavo.

Sospirai. Non sapevo che bestia l'avesse morso, ma c'era troppo da fare perché potessi lasciarlo in pace, come chiaramente avrebbe voluto: bisognava radunare le squadre, parlare agli uomini, dare istruzioni agli ufficiali. I confini del Comune libero erano guardati da picchetti fin da quando eravamo entrati in città, ma il più munito era quello di Sussak, in faccia ai croati; dalla parte di Cantrida c'era solo qualche posto, e i legionari scambiavano tutti i giorni sigarette e pettegolezzi con i regolari dall'altra parte. Ora, tutt'a un tratto, bisognava prepararsi a sparare davvero. Non era un momento in cui il Comandante potesse starsene chiuso a Palazzo. Già si mormorava fin troppo, nelle squadre, contro le camorre che Lo circondavano: certe cose, si diceva, se Lui le sapesse le raddrizzerebbe, ma gli ufficiali di Palazzo lo tengono apposta all'oscuro...

Mentre elencavo i provvedimenti più urgenti che si sarebbero dovuti prendere quel mattino, Gabriele si aggirava inquieto nello studio. Mi ascoltava, interloquiva ogni tanto con un monosillabo o addirittura una domanda, ma vedevo che la sua mente era lì soltanto a metà. Finalmente si fermò ad accarezzare un volume poggiato, con altri, su un tavolino. Era un libretto grigio, cucito col filo grosso, d'aspetto forestiero; e quando lo aprì vidi che era pieno d'illustrazioni a inchiostro. Si mise a sfogliarlo con attenzione, pagina dopo pagina.

«Che faccio, continuo?» chiesi, con una punta d'irritazione.

«Aspetta!» mi disse. «Vieni a vedere questo».

Mi chinai su di lui; per fargli piacere sfogliai due o tre pagine crepitanti. Era un libro antico, giapponese o cinese. Nelle stampe monòcrome era ritratta una lunga teoria d'incubi – creature molli e sinuose, dagli occhi ciechi; oppure tondi e ridenti, con lingue lunghe come vermi, protese verso i passanti atterriti; donne scarnificate e rapaci, il teschio ammiccante attraverso la capellatura nera.

«È la raccolta dei *Cento fantasmi e spettri antichi e moderni*, stampata a Yedo nell'anno domini 1796 dal maestro Sekien Toriyama» spiegò Gabriele. «Ti ricordi? L'abbiamo acquistato nel 1914, dal libraio Champion del quai Malaquais».

Lo guardai con aria interrogativa.

«Vedi» mi disse sogghignando, «poiché debbo farmi ammazzare, sto scegliendo la forma che assumerò, quando sarò una fantàsima. Spero bene che mi lasceranno scegliere».

Ridacchiai, ma non ero del tutto sicuro che scherzasse.

«Spero inoltre» continuò «che potrò andarmene a spasso dove vorrò. Sarebbe una bella scocciatura se mi toccasse restare incatenato qui a Fiume. I fantasmi giapponesi, per esempio, non possono mostrarsi se non nel luogo dove hanno trovato una mala morte. In compenso, possono apparire all'assassino mutando forma a un qualsiasi oggetto che si trovi fra le sue mani, foss'anche il più quotidiano, una lanterna o un ombrello. Ci pensi, se l'ombrello che Giolitti ha sul braccio mentre esce da Montecitorio si mutasse all'improvviso nel mio fantasma?».

Guardai l'orologio, di sfuggita, ma in modo tale che se n'accorgesse.

«È tardi, eh?» ammise. «Oh, be', non c'è poi tutta quella fretta. L'ultimatum scade soltanto stasera. Caviglia non attaccherà prima di domani. E io non vedo perché per paura di quel babau dovrei privarmi del piacere di contemplare queste immagini squisite e repellenti, se ne ho voglia».

Mi mostrò che in tutte le immagini le apparizioni erano circondate dai fiori carnosi della foresta tropicale, dall'ondeggiare delle canne, dai vapori degli stagni: i fantasmi giapponesi sono creature estive e acquatiche. Appaiono colla calura e coi miasmi fetidi delle acque immobili: la purezza della neve le scaccia.

Gabriele s'era spesso occupato di giapponeserie, ma non gli sospettavo una tale competenza. Conosceva per nome molti di quei fantasmi, e delle loro vittime. «Questo» diceva, additandomi un samurai invasato dall'ira, la mano fremente sull'elsa della spada, in mezzo a una fioritura spettrale «è Kiyomori, che guardando fuori dal suo palazzo vide gli alberi e i cespugli del giardino trasformati nei teschi e negli scheletri degli uomini che aveva ucciso. Questo» proseguì voltando pagina «è Yorimitsu, che vide in una tazza di tè il volto della donna che aveva fatto affogare. E questo è il generale Akiji Jinsei, l'Assassino, che diede ricovero in casa sua a due viandanti, e mentre divideva con loro una ciotola di riso vide la carne sfarsi e cadere a brandelli dai loro volti fino a scoprire i teschi ghignanti delle sue vittime».

«Allegra fantasia» commentai.

«Oh, sono gente ingegnosa!» consentì Gabriele. «Vedrai che sentiremo ancora parlare di loro. Tendono alla signoria dell'Asia, e non solo: ma del Pacifico. Ormai l'arcipelago sta loro stretto: e guardano alle Filippine, all'Indocina, alle Indie Olandesi, ad Havai».

La fantasia mai spenta lo distrasse: si figurava già sulla plancia d'una corazzata nipponica, salpata per l'oceano.

«Quello è il futuro» mi assicurò, cogli occhi che brillavano. «E dovrebbe esserlo per noi pure, l'ho detto più di una volta. È ora di liberarci dell'Occidente che non ci ama e non ci vuole. Separiamoci dall'Occidente imbastardito, che ogni giorno più s'isterilisce e s'infetta e si disonora, forgia solo d'ingiustizie al servizio della Banca. Presto, vedrai, il grido d'ogni spirito nobile sarà questo: fuori, fuori dall'Occidente!».

Le imagini vuote lo trascinavano lontano, bisognava riportarlo coi piedi per terra.

«E questo?» domandai, fingendomi interessato a una figura particolarmente orribile.

«Questo» sentenziò, dopo averla osservata con attenzione aggiustandosi la caramella, «è una delle fantàsime più celebri del Giappone. Il samurai Iyemon, per poter sposare la figlia d'un ricco vicino, avvelenò la moglie con una pozione che la sfigurò orribilmente e la fece morire fra atroci dolori; poi, per giustificare l'assassinio, inventò che la donna lo tradiva col servo, e uccise anche costui; inchiodò i due corpi ai lati opposti d'una porta, e li abbandonò nella corrente del fiume. Ma dopo il nuovo matrimonio, quando sollevò il velo della giovane moglie per baciarla, vide apparire il volto gonfio e sanguinoso della morta; e continuò a vederlo in ogni lampione, in ogni ciotola di pesce e riso, finché non impazzì e morì. Sai» aggiunse dopo un istante di riflessione, «in Giappone gli spettri vendicatori sono per lo più di femmine, avide di retribuzione per le miserie che hanno dovuto sopportare da vive. Ecco, vedi, quest'altra è Okiku, che fu uccisa dal padrone e poi buttata in un pozzo per aver rotto un piatto prezioso, uno dei dieci che gli erano stati trasmessi dagli antenati. Da allora, ogni notte Okiku esce dal pozzo, conta lentamente fino a nove, come se stesse riponendo i piatti, e giunta al decimo scoppia in singhiozzi».

Osservai la tavola. Lo spettro, stavolta, non era orribile: una delicata figurina, piuttosto, gli occhi piangenti mezzo nascosti fra i capelli neri; ma il corpo esile si dissolveva in una nebbia fluttuante, che fuorusciva dall'imboccatura d'un pozzo.

Per un momento tacemmo entrambi.

«Già!» disse alla fine Gabriele. «Hai poi saputo nulla di Faussone?».

«Sta cercando» risposi. «È sicuro di trovare».

«Ma non ha ancora trovato» rilevò lui.

«Non ancora» ammisi.

«Purché gliene lascino il tempo» mormorò. «Voglio aver fatto ancora questo».

Capii, dal tono in cui lo disse, che neppur lui si faceva più illusioni: il nostro tempo era agli sgoccioli.

10
Ariel armato

Caviglia attaccò la vigilia di Natale.

Fin dal giorno prima Gabriele era raffreddato. Gli occhi e il naso gocciolavano umore, che lui tamponava ogni momento col fazzoletto di batista. In altri tempi si sarebbe serrato in casa, sotto una montagna di coperte, per non farsi vedere da nessuno: e quando salii da lui capii benissimo che anche ora gli ripugnava uscire.

«Com'è il naso?» s'informò, appena mi vide.

Mi strinsi nelle spalle, mentire non giovava.

«Gonfio e rosso. Ma non come un peperone. Diciamo come un fungo».

Gabriele si soffiò il naso, poi ricadde desolato sui cuscini.

«Questo raffreddore mi riduce il cervello in brodo tiepido. Che disgrazia, il cervello d'un genio se ne va in moccio!».

Siccome tacevo, mi squadrò con aria malevola. Avevo gli stivali e la pistola.

«Bisognerà andare, eh?» borbottò, in tono querulo. Sperava che gli dicessi che non era necessario.

«Direi di sì. Sono segnalati movimenti dappertutto. In Val Scurigna stanno già sparando».

Con un sospiro uscì dalla sua tana. In bagno, mentre si faceva la barba e si versava addosso il solito mezzo litro d'acqua di colonia, lo sentii canticchiare. Poi s'interruppe e mi chiamò attraverso la porta.

«Ti ricordi quel maggiore che è venuto l'altro giorno? E mi assicurava la gratitudine della patria?».

«Sì, me lo ricordo» confermai.

«Be', guarda un po' i giornali, eccola lì la gratitudine della patria».

I quotidiani, che quel mattino s'era fatto portare da Italo, erano ammucchiati sul pavimento ai piedi del letto. Ne raccolsi uno, poi un altro. Il tono degli articoli era uniformemente di elogio del governo, che finalmente s'era deciso a sanare, come si espresse uno di quei giornalisti, la "piaga purulenta" di Fiume.

«Che ne dici?» insisteva la voce nasale al di là della porta di legno. «Leggi, leggi l'"Avanti!"».

Cercai l'«Avanti!» e lessi. L'articolo di fondo cominciava così:

«Il dado è tratto» ripeteva Gabriele. Finalmente, Giolitti gli ha ricordato che tutti i giochi d'azzardo sono proibiti: anche i dadi. Brutta fine: peccato. Perché in fondo erano riuscite tutte, sinora, a Gabriele: tutte, voglio dire, le professioni tentate secondo le convenienze, l'estro, l'età: il cristiano, il pagano, il patriota, il sovversivo, il borbonico, l'edonista, l'asceta, il retribuito, il colonnello, il plagiaro, l'inventore di profumi, l'aviatore eroico, il deputato, il ribelle, il cinematografista, l'esule per debiti, il reduce per quitanza. Ora avrà creduto di poter fare anche il James Brooke. Ricordate quell'inglese che si fece rajah di Sarawak? Ma quello era un brigante: D'Annunzio è un poeta. Ed è più facile stillare acque Nunzie, o lodi in rima delle belle mani prodighe d'Eleonora, che non governare l'Adriatico, mare nostrum forse che sì forse che no. Sarà questa la volta buona? O gli italiani continueranno a sopportare docilmente le frenesie d'un vecchio che l'ambizione, e lo spirocheta pallido, potrebbero rendere, un bel giorno, davvero pericolose?

«L'hai veduta la gratitudine della patria?» proseguì Gabriele sortendo dal bagno, impeccabilmente rasato e profumato, e col naso bianco di cipria.

«L'ho veduta sì» replicai, alzando le spalle.

«Quelli mi vorrebbero morto. Bella razza, gli Italiani. O forse è meglio dire i Taliani. Sì, mi vorrebbero defunto, per levarsi una buona volta l'ingombro».

Sedette sul bordo del letto, per infilarsi gli stivali.

«Eppure, sai?, è proprio questo che mi dà l'animo di continuare. Questa mal dissimulata brama dei Taliani nel sapermi alfine decrepito, agonizzante, morto, sepolto. E io, invece, non mollo. Per dispetto».

Si allacciò il cinturone con la fondina.

«Pensa un po', se ora agli avamposti una pallottola vagante mi facesse la festa. Oh, non credere, proclamerebbero il lutto nazionale. Il mondo non potrebbe ammettere che Gabriele d'Annunzio, dopo essere sopravvissuto alla mitraglia austriaca, sia stato ammazzato da piombo italiano; ci sarebbero le interrogazioni parlamentari, e le commissioni d'inchiesta. Ma sotto sotto si fregherebbero le mani tutti quanti».

Era pronto, ma si fermò ancora davanti allo specchio, a esaminarsi criticamente il naso.

«E non è per via di Fiume, sai. Mi hanno sempre odiato. Tu lo sai, che mi conosci da tanto tempo. Erano ancora fresche di stampa le prime copie del mio primo libro, che già muoveva i primi passi nel mondo l'antidannunzianesimo. E da allora s'è ingrassato e allungato».

Rise d'una risata chioccia, aprì un cassetto.

«Ma io me ne frego! Guarda qua cos'ho trovato, in un romanzo d'antichi cavalieri di Francia».

Mi mostrò un disegno a penna, che figurava un motto attorcigliato, da inscrivere sotto uno scudo araldico: «A MOY QUE CHAULT» lessi con qualche difficoltà, in puntute lettere gotiche.

«È la traduzione precisa di "Me ne frego", in quel bel francese medievale che m'è sempre stato caro. L'ho fatto disegnare da un incisore, ne farò il mio nuovo motto. E ora, andiamo agli avamposti».

Fra le pietraie della Val Scurigna, la mitragliatrice protendeva il suo muso tozzo, protetto da una lastra d'acciaio. Appoggiato a una gran pietra bianca, il tenente scrutava col binocolo; ma quando il Comandante sbucò dalla svolta del sentiero e si fermò alle sue spalle, s'affrettò a lasciarlo ricadere, e s'infilò un paio d'occhiali prima di fare il saluto. Con quella faccia da professore e la divisa goffa, aveva una fila di nastrini, e la medaglia di bronzo appuntata sul petto.

«Riposo. S'è visto nessun movimento, qui?» s'informò Gabriele.

Il tenente pareva emozionato, vuoi per la presenza del Comandante, vuoi per le notizie che aveva da riferire.

«Signorsì, Comandante. Un'ora fa dei ciclisti sono spuntati sul sentiero, lassù»; e indicava chissà dove, fra le pietraie. «Ho fatto sparare una raffica di avvertimento, e sono spariti subito».

I tre legionari accovacciati dietro lo scudo d'acciaio non perdevano una parola. Nonostante il freddo, erano tutt'e tre in giacchetta; ma almeno uno s'era imbottito la camicia di giornali. Uno portava un elmetto nostro, come il tenente; ma gli altri due s'erano infilati in testa degli elmetti austriaci di recupero. Uno dei due, un baffuto cogli occhi spiritati, ci aveva dipinto sopra, con la vernice bianca, un fascio littorio.

«Che reparto, tenente?» chiese il Comandante.

«Fascio di Combattimento di Fiume!» rispose fieramente il professore decorato.

Parve che Gabriele non avesse sentito. In piedi, mentre gli altri si riparavano, socchiuse gli occhi. Fin dal primo mattino lo agitava una segreta fantasia, che lo portava lontano di lì, molto lontano. Non aveva più veduto Cosetta, e la sua carne che per una settimana era parsa assopita oggi protestava. A qualcuno parrà inverosimile; e non lo è affatto. Lui era così, a che cosa credete che pensasse mentre volava verso Vienna? All'Olghina Levi, l'ebreuccia che l'aspettava a Venezia, e che lui chiamava Venturina; adesso al posto di Venturina era subentrata Cosetta, e l'assorbiva allo stesso modo. Ignaro di quel che lo circondava, s'aggirava col pensiero nella villa Cosulich, e imaginava, senza averla mai vista, la stanza di Cosetta che forse a quell'ora si svegliava. La vide nuda, come quando era nelle sue braccia: e le due mammelline, la buona e la cattiva. Rabbrividì dal desiderio. Il tenente era sempre lì, e lo guardava ansioso, attraverso le lenti spesse.

«Va bene. Bravi, compagni. Tenete duro» deglutì Gabriele. E poi, a me: «Su, andiamo».

Avvicinandoci ai sobborghi le squadre si moltiplicavano, accampate nei cortili, colle vedette accovacciate dietro i muri scarni. Faceva freddo. Nelle facce non c'era entusiasmo, ma sì una cupa determinazione. Gabriele distribuiva parole di elogio, distratte; e gli uomini guardavano arcigni il Duce così pensoso, estraneo, lontano da quello che altre volte li aveva infiammati. Non so se li vedesse; più probabilmente vedeva Cosetta impegnata nel gesto, che gli era piaciuto, d'infilare un braccio in una calza di seta bruna, per rovesciarla mettendo la mano fino al piede; e la pelle candida trasparire attraverso il tessuto fine. Le gambe di Cosetta erano magre, nervose. Soffiava un vento freddo.

In un magazzino abbandonato, ch'era riparo a una squadra, mangiammo panini gravidi preparati da Italo, e che c'eravamo portati nelle borse a tracolla. Avevamo vino nelle borracce, ma si dovette dividerlo con gli arditi, che, ci dissero, non avevano mangiato nulla dalla sera prima. Il tenente responsabile dei rifornimenti, convocato, si profuse in scusanti: aspettava un carretto dalla città, ma chi sa perché, non era arrivato. Gabriele spartì i panini con gli uomini grati.

«Compagni» disse «spezziamo il pane e beviamo il vino a segno del più grande sacrificio che ci aspetta».

Non aveva fame, sacrificò volentieri tutto. Aveva fame di Cosetta, questo sì. Pensava al sapore della sua lingua.

In una casamatta, un capitano che conoscevo ci venne incontro, il berretto buttato spavaldamente all'indietro.

«Si sono fatti vedere?».

«Non ancora, Comandante. Ma sapremo riceverli» assicurò il capitano. Gli occhi gli brillavano. Nella casamatta oscura e gelida gli uomini erano ammassati attorno alla mitragliatrice, per scaldarsi l'un l'altro; pochi avevano il pastrano, i più la giacchetta, col bavero rialzato a tener lontano lo spiffero. In testa, elmetti nostri, o sformati berretti da alpini.

«Che reparto?» chiedeva Gabriele, con voce monotona.

«Legione Venezia Giulia!» rispose il capitano, scattando nel saluto.

Gabriele annuiva. Pensava alla Susina, e la voglia lo divorava. Perché?, pensava. Non è il momento, non ora, non ora. Eppure...

Riprendemmo l'ispezione, su un sentiero scabro, petroso, che scendeva verso il mare. Monocolo com'era, Gabriele camminava male: aveva perduto la prospettiva della profondità visiva. Calcolava male le ineguaglianze del terreno. Nella petraia affilata, nella mota rossa del cammino, si sosteneva a stento sulle grosse scarpe chiodate. A un certo punto scivolò e cadde; si rialzò, ma il ginocchio gli faceva male. Mi guardò con un buffo sorriso di scusa.

«Ricordi il vecchio motto? "Senz'ali non può"» disse.

Lo presi per mano.

«Non importa. Andiamo avanti» impose.

A un tratto, poco più avanti, echeggiò la raffica secca d'una mitragliatrice. Ci fermammo tutt'e due.

«Hai sentito?».

«Ho sentito sì».

La mitragliatrice martellò ancora: trach-tach-tach...

«Andiamo?» insisté Gabriele, coll'occhio che brillava.

«E aspetta un momento!» cercai di frenarlo; ma invano.

«Andiamo, ti dico»; e si staccò, impaziente, dalla mia mano.

Appena oltre, dietro il muro mezzo demolito d'un casale abbandonato, una mitragliatrice spuntava da un mucchio rossastro di schegge di mattone. In due salti fummo anche noi dietro il muro. C'erano lì due uomini, soli.

«Chi comanda qui?».

«Il signor capitano ***. Ma è tornato indietro» rispose quello dei due che stava alla mitragliatrice.

«A chi hai tirato?» chiese Gabriele.

«Si muovono laggiù» accennò l'uomo. Guardammo, facendoci riparo colla mano contro la luce biancastra del cielo invernale; ma non si vedeva nulla.

Poi venne da quel nulla una fucilata, e un'altra. Schizzò via un pezzo di muro. La mitragliatrice tirò una raffica, a casaccio, almeno così mi parve. Io m'ero piegato sulle ginocchia, d'istinto. Ma Gabriele era rimasto in piedi.

«Che fai?» gli dissi, tirandolo per la falda. «Vuoi morire?».

Mi guardò con l'unico occhio, traboccante d'angoscia.

«Perché no? Sì, ho questa volontà. È tempo di morire: *tempus moriendi*».

Scossi la testa, certe volte Gabriele faceva davvero perdere la pazienza.

«Smettila di fare letteratura! Che faremmo senza di te?».

Questa idea parve colpirlo. Senza dubbio non ci aveva mai pensato. Di tutti noialtri non gli fregava assolutamente niente. Si accovacciò accanto a me.

«T'ho mai raccontato quel che mi capitò sul Veliki? Eravamo su per il monte, all'assalto. D'un tratto odo un fante parlare con accento d'Abruzzo. Lo chiamo, mi risponde. Mi dà del tu. "E tu chi si'?". "I' so' d'Annunzie". "Tu si' d'Annunzie! Gabbriele!". Mi viene vicino, mi guarda, la bocca spalancata dallo stupore. "E chi sti' fa' a ècche? Vàttene! Vàttene! Si i' me more, n'n è niende. Ma si tu te more, chi t'arrefà?"».

Me l'aveva già raccontato mille volte, ma feci finta di niente.

«Appunto» dissi. «Chi ti rifà? E noi che fine facciamo? Perciò fammi il piacere di non farti ammazzare».

Si strinse nelle spalle. Sussurravamo tutt'e due, per non farci udire dai legionari, che stavano aggrappati alla mitragliatrice, gomito a gomito con noi.

«Parli come se dipendesse da me. Ma i nostri calcoli qui contano meno di zero. Nessuno può sapere se sarò ancora vivo stasera. Anzi, se saremo vivi».

L'idea, evidentemente, gli piaceva, almeno quanto dava fastidio a me.

«Ci pensi?» insisté. «Tu sei giovane, io non lo sono più. E tutt'e due, prima di stasera, potremmo esser morti, essere un pugno di carniccio carbonizzato, qualche osso annerito, qualche cartilagine rattratta, un teschio spiaccicato con qualche dente d'oro luccicante nella poltiglia...».

«Ma per piacere!» lo interruppi, toccandomi energicamente. Al vedere il gesto, rise.

«Vabbè! Vabbè! Aie capìte!».

Ripartimmo, correndo curvi sotto il muro, finché l'angolo morto non ci protesse. Eravamo quasi in città. Lì pallottole non ne fischiavano più: fischiava solo il vento freddo giù dai monti. In giro non si vedeva nessuno; i civili s'eran tutti serrati in casa, le imposte chiuse. Fili di fumo salivano dai camini; ma non da tutti, ché il carbone non abbondava.

Vidi Gabriele sorridere estatico.

«A che pensi? Alla bella morte?».

Scosse il capo, solenne.

«Macché! Penso a Cosetta. Mi brucia. Non posso pensare alla Susina senza un lungo brivido».

Stavolta persi le staffe sul serio. È solo adesso infatti, ripensandoci a distanza di tanti anni, che non trovo più niente di imprevedibile nella metafisica di Gabriele; ma allora mi turbava.

«Ma ti sembra il momento di pensare a queste cose?».

Mi guardò, stupito. Non m'ero mai accorto di quanto fosse vecchio: una dolcezza senile gli ammorbidiva i lineamenti.

«E quando ci dovrei pensare, se non quando sto faccia a faccia con madonna Morte?».

«Non stai faccia a faccia con la Morte, stai faccia a faccia con Caviglia» non potei fare a meno di ribattere. Per fortuna la prese bene, si mise a ridere.

«Che è anche peggio, ne converrai».

Facemmo ancora qualche passo, per raggiungere la piazza dove ci aspettava l'autista con la macchina.

«Cosa ne dici? Terremo?» domandai, vedendo che eravamo soli. Il vento fischiava nella viuzza stretta, fra i muri scrostati del vecchio quartiere operaio, mezzo abbandonato dopo la guerra. Passavamo lungo il muro di mattoni d'un'officina dismessa: nient'altro che muri nudi e finestre con i vetri rotti.

«Dobbiamo tenere» disse infine, ma senza guardarmi. Non osai aggiungere altro.

A Palazzo, Gabriele si chiuse a chiave nel suo studio, e girò freneticamente la manovella del telefono. Dopo due o tre tentativi cominciò a pensare che Caviglia avesse fatto tagliare i fili. Ma non era così. Quando finalmente ebbe la linea, chiese il numero della villa Cosulich. Chissà, pensò, magari risponderà lei; o altrimenti la domestica, e con un pretesto potrò chiamarla all'apparecchio.

«Pronti!».

Gabriele bestemmiò fra i denti: era la voce barbuta del senatore.

«Pronti! Chi è all'apparecchio?» tempestava.

Gabriele avrebbe anche potuto riattaccare. Ma non sapeva come funzionavano i telefoni, e non se n'era mai fidato. Non fosse mai che il senatore, interrogando la centralinista, potesse apprendere che la chiamata veniva di lì. Gli pareva d'essere ancora al Collegio Cicognini, quando corteggiava, di nascosto dal burbero padre, la figlia del colonnello... sì, com'è che si chiamava il colonnello? E la ragazza? Vattelappesca! Con questo raffreddore anche la memoria mi va in acqua, pensò.

«Sì! Qui è il Comandante D'Annunzio!» esalò finalmente, giacché l'altro s'inquietava.

All'altro capo della cornetta cadde il silenzio.

«Sì!» esclamò il senatore, dopo un po'. «La ascolto».

Bisognerà dirgli qualcosa, intuì Gabriele. Che imbroglio!

«La chiamo per sentire il suo parere, mio caro senatore» improvvisò. «In un'ora come questa la Reggenza ha bisogno che i migliori figli di Fiume le siano vicini: chi con l'arme, e chi col consiglio» modulò, soave.

All'altro capo ci fu ancora un istante di silenzio.

«Ma quale consiglio vuole che le dia!» tuonò finalmente il Cosulich. «Fatela finita con questa burletta! O volete aspettare che la città sia cannoneggiata!».

Eh già, ti pareva, pensò Gabriele: ecco che s'è riempito le brache pure lui.

«Oh, be'! Non siamo ancora a questo punto!» protestò.

«Ma come non siamo a questo punto? Ci siamo eccome!» si spazientì l'altro. «Fuori città si spara! Non crederà mica che la sua accozzaglia... che i suoi legionari possano tener testa ai regolari! Mi ascolti, Comandante, qui l'unica cosa è farla finita, e farla finita subito!».

Gabriele, a questo punto, s'irritò per davvero.

«Non s'illuda, senatore, c'è ancora gente che ha voglia di vendere cara la pelle, qui a Fiume; e anche in Italia ne abbiamo di amici, che vedono al di là della pancia e della vita comoda! Mussolini...».

«Ma lasci stare Mussolini!» lo interruppe villanamente il senatore. «Un altro bel buffone, anche quello!».

Ha ragione, pensò Gabriele, con inattesa lucidità. Quello lì non muoverà un dito, anzi aspetta che ci facciano fuori: per farsi sotto lui, carogna.

«Farla finita, le dico, e subito!» continuava a tempestare la cornetta.

«Ho capito. Caro senatore, la ringrazio» disse seccamente Gabriele; e riattaccò.

Mugugnando un'imprecazione, s'accostò alla finestra. Le quattro gru erano sempre lì, immobili sul molo. Sono undici mesi che guardo queste maledette gru, pensò: quattro giganteschi patiboli senza impiccati. So ben io chi bisognerebbe appenderci! Sotto di lui, l'acqua dell'Adriatico arrivava a lambire gli ormeggi dei motoscafi, e la scalinata che conduceva all'ingresso del Palazzo. Pensò di aprire i vetri, per annusare l'odore salso, che l'aveva sempre rincuorato. Poi gli venne in mente un altro odore, e si perse in tutt'altri pensieri.

Lontano, di tanto in tanto, echeggiava qualche sparo solitario.

11
Natale di sangue

Gabriele s'era sempre interessato ai santi del calendario: e il giorno di Santo Stefano lo trovò immerso in pensieri sgradevoli. Chi avrebbe detto che dovesse recarmi un tal maleficio, l'ùngaro! Sì, chi l'avrebbe detto, quando volavo sulle sue guglie gittando su la città nemica la parola tricolore; o quando festeggiammo Luigi Rizzo, l'Affondatore, mentre già i pesci guizzavano tra le lamiere di quell'altra *Santo Stefano,* giù sul fondo salso, al largo di Premuda! Ora l'ùngaro si vendica, e per mano taliana. Oh, vergogna, vergogna!

Intorno, i musi erano lunghi. I nazionali avevano sfondato a Cantrida, premevano nei sobborghi. Il giorno prima avevano rispettato la tregua natalizia, ma oggi s'erano rifatti sotto. Parecchi ufficiali nostri s'erano arresi o avevano disertato: i più, seguiti dai loro uomini, in massa. Qua e là si sparava ancora, ma avevamo capito tutti che era finita. Il Comandante, a mensa, taceva cupo, e osservava i volti tirati intorno a lui, pieno di sospetto. Eccoli lì, pensava, gli eroi spenti. Non uno che sia andato a farsi uccidere in prima linea! Indifferenza bovina, buffonerie, chiuso rancore, solitudine disperata, cattivo vino; e da per tutto l'odore della parola di Cambronne, il vero olezzo d'Italia.

«Bisogna trattare!».

Chi l'ha detto per primo? Non importa, la parola era nell'aria. E in fondo a tutti gli animi, o quasi, par di sentire non so che sollievo, pur a traverso il rammarico e l'imprecazione e l'accusa.

E poi?

Qualcuno dei più giovani impallidisce.

«Se ci scacciano da Fiume, ricominceremo in Italia! È là che bisogna marciare. Su Roma putrida! E lei sarà il nostro Duce!».

Imploravano, quasi. Ma Gabriele scosse la testa.

«Sono morto a ogni politica. Sono un grande scrittore in mezzo a un mare d'ingratitudine, perché mai dovrei avvilirmi ancora? Non m'hanno voluto, il danno è loro».

L'idea lo prende, lo riscalda. Si rivolge a me direttamente, ma tutti lo ascoltano. Il silenzio è religioso.

«Tu ti rendi conto? Accade questo miracolo che si ripete una volta ogni cinquecent'anni, d'un genio che offre all'Italia la sua guida sapiente oltre alla parola bronzea, e l'Italia lo risputa come una lisca di pesce immonda! Così con Dante, così con me».

Sorride, tristemente compiaciuto.

«Ma io non protesto. Mi ritirerò in campagna. La mia modestia è mal conosciuta, ma non è meno autentica. Non sentiranno più parlare di me».

Il silenzio persisteva. Trattenemmo il fiato. Gabriele alzò il viso giallo e tirato, volse intorno l'occhio. Un accenno di sogghigno gli scopriva i canini.

«Ma prima dovranno venire a prenderci. Io non tratto con "Chiunque il quale", né col vecchio boia labbrone di Dronero. Se necessario, difenderemo il Palazzo. Che si piazzino le mitragliatrici».

Gli sguardi degli ufficiali, soprattutto quelli che il Comandante non poté intercettare, erano più eloquenti delle sue parole. Eppure nessuno lo contraddisse, tale era ancora il suo imperio sugli animi.

Noi non sapevamo che in quello stesso momento, a bordo della corazzata italiana *Andrea Doria*, al largo nel Carnaro proprio in faccia a Fiume, le bocche dei cannoni stavano già puntando verso di noi, gli ufficiali in plancia esaminavano a bell'agio coi binocoli la facciata del Palazzo indifesa sul mare, altri ufficiali nella centrale di tiro completavano, chi sa con quale animo!, i loro calcoli, e un ammiraglio pensoso soltanto degli ordini ricevuti da Roma, colle orecchie rintronanti di parole alate quali "avanzamento" e "carriera", si preparava a dare l'ordine fatale.

Quasi che Giolitti, nella sua tana romana, sapesse che noi, nonostante tutto, quelle mitragliatrici eravamo pronti a piazzarle davvero. Ma non vi fu il tempo.

Eravamo appena risaliti negli appartamenti del Comandante. Ci seguivano due o tre ufficiali, i responsabili della guardia al Palazzo. Italo servì il caffè nelle gamelle da campo.

Sorbendo la bevanda, correvano fra noi poche parole sommesse. E infatti, che cosa dire ancora?

Gabriele teneva la gamella calda fra le mani. Non aveva voglia di sedersi. Mosse qualche passo verso la vetrata che chiudeva il soggiorno, e che dava sul mare. Oltre la vetrata, un minuscolo balcone di pietra rosata permetteva d'affacciarsi. I tappeti lisi odoravano di muffa. Soffoco, pensò Gabriele. Aria! E mosse ancora un passo.

E lì sentì la voce di sua madre. Non la vide; e sì che la vedeva spesso, composta nella bara, ringiovanita e rosea come una bambola di stoppa: ma stavolta la udì soltanto, inconfondibile. Gli sussurrava all'orecchio, con la voce di quando "Grabbiele" era fanciullo:

«N'n ci i'!».

Non ci andare!

Gabriele si fermò, interdetto.

Il fischio sinistro del 305 in arrivo durò appena quel che basta perché tutti noi, che avevamo fatto la guerra, ci si guardasse negli occhi; poi non vi fu altro che il rimbombo, e la polvere e i calcinacci. Ci rialzammo intronati: il Comandante sanguinava. In un istante fummo tutti intorno a lui, che badava a ripetere: «Non è niente, non è niente». In verità non aveva che una sbucciatura al cranio lucido, e ora coperto di polvere di gesso; ma il sangue usciva copioso. Lo tamponai col fazzoletto; e in un istante seppi che quel cencio sarebbe diventato reliquia, da serbare alla venerazione dei posteri.

«Quelle canaglie ci bombardano» constatò qualcuno.

Gabriele mi rivolse un sorriso stentato.

«Hai visto che hanno trovato il modo di farla finita? Te l'ho detto: vogliono ammazzarmi, e basta».

Bisognava uscire di lì, scavalcando i detriti. La cannonata aveva sbranato il balcone, sventrato il soggiorno e l'anticamera. E proprio lì, in mezzo alla rovina, ci attendeva il cadavere disarticolato d'un soldato. Era il granatiere di guardia, Bencivenga, che Gabriele aveva comandato personalmente per quel servizio appena pochi giorni prima, colpito dalla sua altissima statura. La sorte del poveraccio, debbo dirlo, fece cattiva impressione.

«Hai visto che porta jella?» mormorò uno degli ufficiali al socio. «Te l'avevo detto, e tu non ci volevi credere!».

L'altro annuì, vilmente.

Sorreggendo il Comandante invalido, percorremmo il lungo corridoio fumante, in cerca di un'uscita di soccorso. La seconda granata scoppiò immediatamente dopo il nostro passaggio, riempì del suo rimbombo il corridoio, ci gettò tutti a terra per la forza d'urto e l'istinto; e staccò dal muro un poderoso lastrone di specchio, alto forse tre metri, e pesante non so quanti quintali. Si abbatté sul pavimento pochi centimetri dietro di noi, in un'esplosione di piombo e cristallo.

Ci rialzammo ancora una volta e ci affrettammo alle scale, senza scuoterci la polvere di dosso. Giunti in giardino rifiatammo; e tutti guardammo verso il mare, da cui poteva venirci la morte. Ma l'*Andrea Doria* non sparava più. Il suo messaggio era consegnato.

«Vuoi fare il giro delle postazioni?» chiesi, mentre calava il buio.

Scosse il capo.

«A che serve?».

Avrei dovuto rispondergli, lo so. Invece lo scoramento ci aveva presi tutti.

«Lasciami solo».

Me ne andai, e Gabriele restò lì, nel buio. Italo gli aveva preparato una branda in un antico ufficio, sul retro del Palazzo, non più utilizzato da qualche tempo. Forse solo a Ronchi, la notte prima dell'impresa, aveva dormito in uno sgabuzzino simile. Il cerchio si chiudeva.

È sera, pensò; e presto farà notte. Tanto vale buttarsi a dormire, e non saper più nulla.

Si spogliò della divisa, s'infilò sotto le coperte, sulla branda scricchiolante. Ma non poté dormire. L'angoscia che tutto fosse per finire non lo lasciava. Eppure non è così che è cominciato, pensò. Allora tutto ardeva, anche la mia malinconia; quand'è che lo stoppino s'è spento, sfrigolando nel puzzo del sego bruciato?

Si tirò su, sudato.

(La stufa, anche lì, pompava).

La verità è che sono vecchio, comprese. Che darei per avere diciassett'anni, come Cosetta! Eppure l'ultima volta, cavalcandola, avevo la sensazione giovanile del mio corpo. Le sue mani, la sua bocca, mi davano la sensazione giovanile della mia pelle, delle mie gambe, dei miei piedi...

Con rabbia buttò via le coperte, cercò uno specchio che non c'era. Con la voluttà feroce di farsi male seguitò a cercare fra le carte, finché non ne sortì una fotografia che proprio io gli avevo scattato, pochi giorni prima; e ne ero fiero, anche. Non era in divisa ma in abiti di fatica, un maglione di lana e pantaloni sformati, reduce da una visita al campo d'aviazione. Aveva approvato, se n'era fatto stampare una copia. Ma ora, tutto quel che cercava in quell'immagine era il viso, come in uno specchio implacabile. Eccomi qua, pensò. Ho un bel sentirmi giovane! L'istantanea spietata mi dice che sono vecchio, vecchio! C'è qui qualcosa di senile, che pure non sento in me. È il viso grinzoso d'un vecchietto, questo: d'un richiamato della territoriale, buono solo per far la guardia alle patate.

No, così non è possibile, pensò. Corse alla scatoletta fidata, l'aprì, apparecchiò il filtro. Aspirò golosamente. Così, così si può attendere il domani...

Chiuse gli occhi. La cocaina gli moltiplicava le sensazioni: la sbucciatura alla testa doleva come se vi fosse entrata sotto la pelle una scheggia di ghisa, le orecchie assordate rimbombavano ancora della duplice, fragorosa esplosione. Gli pareva di vedere i cannoni dell'*Andrea Doria* puntati verso di lui, colle loro bocche nere: lui si spostava rasente il muro, e quelli pure si spostavano, prendendolo di mira. Una rabbia sorda e impotente gli serpeggiava nelle ossa. Si figurò d'essere un gigante, capace di traversare in pochi passi il Carnaro, sguazzando fino alle ginocchia, afferrare con le dita quei cannoni e strapparli ad uno ad uno, come le zampe a una mosca. Poi subentrò lo scoramento, quando s'accorse che erano tutte fantasie, e che la realtà era ben altra: la fiaccola strideva nel fango. Ed ecco, era già un carbone spento, atto a scrivere le cifre del mercato sul muro cieco.

Fiume è perduta.

Accadrà qui come a Zara, come a Spalato: dove il vinto, il nostro nemico vinto, il croato lurido, s'arrampicò su per le bugne del muro veneto, come una scimmia in furia, e con un ferraccio scarpellò il Leone alato. Anche qui a Fiume, delle antiche pietre latine faranno polvere da calcina: da erigervi novissime latrine giugoslave. Le case dei barbari sorgeranno dalle nostre rovine, e il loro cemento sarà mescolato con le ossa dei nostri padri. E a noi non resterà che caricare le nostre barche coi rottami delle pietre gloriose, e andare a picco con esse, a ritrovare nel profondo i nostri morti.

E si dirà che la vittoria d'Italia fu scritta su l'acqua.

Gli parve che tutti quei morti protendessero verso di lui l'ossame corroso dal salso: ma dal suo abbraccio rifuggivano.

Non m'hanno ammazzato nemmeno questa volta, comprese.

E sì che a quell'esito lui s'era rassegnato da un pezzo! Invece no, moriva chi non avrebbe voluto: l'ignaro granatiere Bencivenga, e quei legionari che ancora ieri, il giorno di Natale!, aveva salutato a capo chino, nell'obitorio del cimitero di Cosala. Loro erano giovani, e sono morti, pensò; e io non sono nemmeno capace di vendicare la loro morte.

La canaglia paesana, letterata ed illetterata, potrà ben continuare a vilipendermi in tutte le farmacie del Regno. Non servirà mostrare la mia veste candida, d'un tal candore che nessun tintore sarebbe capace di produrre, come dice la Scrittura. I tintori paesani e stranieri oggi ritingono ogni cosa, e anche la loro canizie non veneranda: riesciranno a macchiarla, già l'hanno macchiata.

Il Comandante si rivoltava sotto le coperte, senza poter dormire.

Un ululato, fuori dalla porta, lo fece rabbrividire. Chi ululava così a morte nella notte? Un terrore superstizioso gli fece aggricciare la pelle. Poi sentì raspare alla porta. Accese il lume, aprì. Crissa, la levriera, si precipitò scodinzolando.

«Eri tu, povera Crissa mia! M'hai creduto perduto?».

La cagna gli leccava la mano, e per un po' Gabriele l'accarezzò, e si lasciò leccare.

«Crissa! Com'è che t'ho dimenticata? Sì, è vero, il capo mi doleva...».

Però non capiva. Non s'era mai separato dalla cagna fedele, com'è che non riusciva a ricordare dove l'avesse lasciata quel mattino, prima che il calcinaccio omaggiatogli dalla Regia Marina gli cadesse sul capo? E com'è che gli ricompariva solo ora, e da dove, poi?

La lucidità ingannevole della cocaina tornò a impadronirsi del cervello febricitante.

È come se qualcun altro mi scrivesse il copione, pensò.

Per un istante uno spavento cieco lo tenne stretto nelle sue grinfie.

La cagna leccava, frenetica. E sotto quella lingua calda e ruvida gli parve di sentire i chiodi nelle mani: ma non erano le stìmmate di frate Francesco, bensì i fili d'acciaio della marionetta.

Qualcuno mi conduce per mano, e si fa beffe di me, pensò. E quel pensiero gli parve così insopportabile che s'alzò dalla branda, così spogliato com'era, per cercare la pistola.

Ma prima di trovarla un'altra intuizione lo illuminò.

È quello che vuole da me, capì. È lì che vuole condurmi, il porco. Ma non mi avrà. Si fregava già le mani, certo d'avermi ridotto a' suoi termini. Ma non conosce Gabriele d'Annunzio.

Aspettano tutti ch'io crepi, ma aspetteranno ancora a lungo.

Il Comandante ha sempre ragione.

Gli parve d'essere ancora all'adunata degli arditi, l'ultima, il giorno di Santa Barbara.

«Chi ha ragione?» gridava uno.

E tutti rispondevano in coro: «Il Comandante».

Io ho ragione per tutti, pensò.

Crissa, stanca di leccare, s'era accucciata sotto la branda.

E anche Gabriele si assopì.

12
A ferro freddo

Quando bussai alla porta ed entrai, lo trovai seduto sulla branda, mezzo vestito. Fumava una sigaretta, e strabuzzava gli occhi in modo strano.

«Sto sperimentando» spiegò, notando il mio stupore. «Sai che da quando ho perduto l'occhio, se chiudo l'altro vedo l'addome d'un ragno nero, immoto. Be', credo che colla botta di ieri si sia risvegliato. Mi pare stia mettendo le zampe, e comincia a muoversi. Risalirà il canale oculare fino al cervello, e quando sarà giunto lì mi pungerà, e sarà finita».

Il mattino gli portava spesso fantasie morbose; ma oggi, non so perché, mi parve che ci fosse in questo suo atteggiarsi un che di artefatto. Suonava falso. E m'accorsi che quando credeva che non lo vedessi, mutava espressione; e mi studiava socchiudendo gli occhi, quasi volesse penetrare un segreto. Dio non voglia che la botta in testa non abbia ingrippato l'ingranaggio meraviglioso, non potei fare a meno di pensare.

«Novità?» mi chiese, sorbendo la cioccolata.

Mi strinsi nelle spalle.

«Il podestà ti fa sapere che oggi alle tre una delegazione cittadina verrà a Palazzo a conferire con te. Smaniano per l'armistizio».

Gabriele mi guardò con una smorfia.

«E i nostri?».

«Qua e là si spara ancora. Teniamo il Macello e la Casa degli Emigranti; e direi che i regolari hanno l'ordine di non andare fino in fondo. Ma hanno avvertito che se non ci arrendiamo entro stasera, il *Doria* tirerà sulla città».

«Ne sarebbero capaci» borbottò Gabriele. «Va bene, riceveremo la delegazione. Vieni, andiamo a vedere se c'è ancora un salone nel Palazzo dove non mi cadano altri calcinacci in testa».

La docilità improvvisa con cui pareva aver accettato l'inevitabile mi stupiva un poco. Ma se era un effetto della botta, be', pensai, avrebbe potuto andar peggio.

Risalito lo scalone, attraversammo piuttosto in fretta il famoso corridoio, dalla cui parete sventrata entrava il soffio gelido del mare, e oltrepassammo l'ingresso dell'appartamento privato, ancora ingombro di macerie; solo era stato rimosso il cadavere del povero Bencivenga. Poco più in là si apriva la porta di legno massiccio che immetteva al salone d'onore: lì, nel corso di quei sedici mesi, s'era tenuta più d'una riunione solenne, ma da qualche tempo non veniva più adoperato. Provammo l'interruttore, la luce elettrica funzionava. Qualche ufficiale, a un cenno del Comandante, corse ad aprire le imposte, e la luce incerta del pomeriggio illuminò la sala pomposa, carica di ori e di stucchi, coi ritratti dei governatori ungheresi ancora appesi alle pareti. Forse per via del soffitto troppo alto e delle finestre immense, faceva un freddo maledetto.

«Tanto meglio»» osservò Gabriele. «Taglieremo più corto».

La delegazione si presentò in abito nero e cappello a cilindro. Gabriele aveva indossato l'alta uniforme di tenente colonnello dei Lancieri di Novara, colle mostrine e i guanti bianchi, e il vetro all'occhio. Tutti erano perfettamente intonati all'ambiente, che per l'appunto pareva un teatro: di quelli di provincia però, sempre un po' polverosi nonostante lo zelo degl'inservienti.

L'approccio fu cauto. La delegazione era irta di barbe ottocentesche: pareva uscita da un dagherrotipo. Si capiva benissimo che a quelle barbe, nonostante tante parole menzognere, i nostri legionari col ciuffo e il fez non erano piaciuti mai; e ora che l'utile non gl'imponeva più la pazienza, non stavano più nella pelle di potersene liberare. La barba più magistrale, più compiaciuta era quella del senatore Cosulich. La delegazione, compunta, s'informò della salute del Comandante: le voci della sua ferita nel bombardamento erano subito corse in tutte le calli di Fiume.

«Loro vedono che è cosa da nulla» li tranquillizzò Gabriele, accennando alla fasciatura che gli copriva la tempia. «Il calcinaccio inerte ha solamente modificato le linee del mio cranio. Il danno maggiore è che le vecchie corone di alloro non sono più servibili. Ho già provveduto a ordinarne una di zinco dipinto, del diametro di cinquantatré centimetri».

Le facce dei deputati non si mossero. Quand'anche avessero capito, non avevano comunque voglia di ridere. Si congratularono tutti, però, per la buona sorte che aveva assistito il Comandante: ma in cuor suo più d'uno malediceva certo quel grado d'alzo in meno che aveva fatto scoppiare la granata così lontano da lui. Poi il podestà prese la parola, e dopo un preambolo fin troppo asciutto affrontò di petto l'ordine del giorno.

«Difendere la città con le armi è ormai fuori questione, i regolari premono dappertutto e già stasera potrebbero essere qui. Ma il peggio è che si minaccia il bombardamento della città. Di fronte a questa prospettiva, lei capisce, Comandante, che è dovere di noi tutti risparmiare ulteriori sofferenze ai cittadini».

Gabriele avrebbe voluto rispondere, ma per la prima volta, con non poco stupore suo e di noi ufficiali, non lo lasciarono parlare. Il podestà non aveva finito; e dopo di lui tutti gli altri membri della delegazione vollero rincarare la dose. Il Cosulich descrisse con speciale soddisfazione le sofferenze che attendevano i Fiumani in caso di sconsigliata resistenza. Gabriele, vedendo che non lo avrebbero ascoltato finché non si fossero tolti tutti quanti quel rospo dal gozzo, si rassegnò, e mi sussurrò all'orecchio:

«Va bene, facciamo come Esopo».

«E cioè?» chiesi, senza capire.

«Lasciamo parlare le bestie».

Finalmente poté prendere la parola. I delegati, del resto, avevano tutti quanti ripetuto la stessa cosa: non uno s'era discostato dall'opinione generale.

«Signori» esordì Gabriele. «Difendere la città con le armi, voi dite, è fuori questione. E perché mai? Forse perché per ognuno dei nostri ci sono là fuori dieci, che dico, cento regolari? Ma i nostri son tutti arditi di cuoio temprato e fegato secco, forgiati nelle ghiaie del Piave, e quelli di là sono reclute mal ripulite, appena strappate al solco e al letame. Se non fosse la ripugnanza di versare sangue fraterno, i loro corpi sarebbero mucchio alla barriera di Cantrida».

Questa spacconata lasciò freddi i delegati; ma Gabriele continuò senza darsene per inteso.

«Difendere la città con le armi è fuori questione, voi dite: perché siamo pochi, e qualcuno, fulminato dalla speranza della pensione o dal profumo delle gamelle ministeriali, ha già mollato. Ebbene, io vi dico che fossimo anche dieci soltanto, quei dieci che sono qui con me ora» e mostrò col gesto il gruppetto degli ufficiali assiepato, cupo, dietro di lui, «noi saremmo sempre i più forti. Noi ci ridiamo del cannone di Caviglia. E quelli che se ne vanno non li salutiamo».

I delegati, ora, avevano cominciato ad agitarsi, visibilmente a disagio; e il Cosulich, la barba elettrica fremente d'indignazione, era per alzarsi e troncargli la parola; ma Gabriele lo inchiodò al suo posto con uno sguardo di bronzo e un improvviso salire del tono di voce.

«Ma qui non si tratta di poter difendere o no la città: perché noi potremmo difenderla, lo ripeto, fin che escano dalla stalla i cavalli dell'Apocalisse. Si tratta, come voi dite, delle sofferenze del popolo di Fiume, delle sofferenze che noi possiamo imporre, o risparmiare, al popolo di Fiume. Ebbene, son lieto che quel popolo, questo nostro popolo, questo mio popolo vi stia così subitamente a cuore».

Nella sala s'era fatto silenzio. Spiazzati, i delegati aspettavano di sentire dove sarebbe andato a parare, con quella piega impreveduta del discorso.

«Vi ricordate?» li incalzò Gabriele. «In questo stesso salone noi ci radunammo, or sono otto mesi, per discutere di sciopero e di salari. Vi ricordate? Ci radunammo, io, voi e i deputati degli operai di Fiume, per comporre le vostre vertenze. Eravamo qui, in questa stessa sala pomposa e fredda, dove le grosse dorature e stuccature mostravano di non sentire il nuovo regime, stupidamente fisse come i ritratti dei vecchi governatori magiari carichi di pellicce folte, e gonfi di acida autorità. Li vedete? Essi sono ancora appesi qui, oggi come otto mesi or sono».

Qualcuno, bovinamente, alzò davvero gli occhi a studiare i volti di quegli appesi. I magiari ricambiavano lo sguardo, immobili, coi baffi a spazzola e gli zigomi aguzzi di barbarica alterigia. La voce del Comandante rimbombava fin nell'angolo più remoto, inchiodando ciascuno alla sua poltrona.

«Qui, in questa sala, gli operai parlarono ed esposero veramente la figura della miseria. E nelle loro parole sorgevano, allora sì, le sofferenze del popolo di Fiume: le donne scarne, quasi esangui, esauste, che avevano venduto l'ultima masserizia e l'ultimo cencio; i bambini macilenti, grinzosi come vecchietti, coll'insostenibile sguardo che pareva passare attraverso le palpebre gonfie e paonazze; gli uomini malati, colle loro fioche e roche disperazioni avvolte in una sciarpa di lana senza calore, avanzi della fatica che scava i polmoni, curva le ossa, brucia gli occhi, corrode le viscere. E mentre essi parlavano, io non ebbi la sensazione che le sofferenze del popolo di Fiume stessero a cuore a voi che li ascoltavate con lo sguardo grave e la palpebra assonnata. Voi sedevate in queste medesime poltrone funeree costruite con le ossa dorate dei vecchi magiari morti, e tacevate. E quando si dové trattare, bisognò ch'io disputassi per loro, per quegli uomini e quelle donne e quei bambini, il tozzo di pane e il centesimo. E ogni volta che un uomo magro si levava e diceva: "Questo non basta", un uomo grasso si levava e rispondeva: "Questo basta"».

Ammutoliti, i delegati ruminavano le parole con cui avrebbero potuto ribattere a quel fiume di eloquenza; che però, essi lo sentivano in cuor loro, non sarebbe mai stato più persuasivo dei cannoni del *Doria*. I più ottusi credevano, senza dubbio, che il discorso preludesse a un rifiuto, e s'inquietavano; ma io vidi il Cosulich sorridere tranquillamente nella barba, e seppi che aveva capito. Egli, in verità, sapeva ben giudicare il suo uomo.

«E ora voi vorreste persuadermi che la sollecitudine pel popolo di Fiume, la sollecitudine per le sue sofferenze, vi ha condotti qui! No, o signori, ciò che vi ha fatti levare dalle poltrone e dalle scrivanie è la sollecitudine pei magazzini, per le officine, per i palazzi, e pei buoni del Tesoro, che avete accumulato finora e che credete sia giunto infine il momento di godervi, e Dio non voglia che una cannonata mal diretta sia per privarvi di una così giusta rimunerazione proprio sul raggiungimento del traguardo! No, o signori, voi non siete solleciti delle sofferenze del popolo di Fiume. Io ne sono sollecito: io, il Reggente. E sono io a dirvi che per quelle donne stremate, per quei bambini macilenti, per quei lavoratori senza lavoro, l'olocausto è già consumato: esso non può spingersi oltre».

A queste parole, un sospiro di sollievo sortì audibilmente dalle bocche dei delegati. Gabriele, colla caramella all'occhio e il colletto inamidato, improbabilissimo in veste di difensore del popolo sofferente, ebbe una pausa. Una voce sorda s'alzò, irriconoscibile, dalle ultime file di poltrone; e non si seppe mai se intendesse essere udita dall'oratore, o fosse un commento ad uso dei vicini, riuscito magari un po' troppo sonoro:

«Per quattrocento bruti, morti brutalmente!».

Gabriele sussultò.

Tutti avevano udito, e tutti tacevano.

«Scrissi così, è vero» disse lentamente Gabriele, che aveva già ripreso la padronanza di sé. «Scrissi così! E si poteva forse scrivere diversamente, nell'Italia di Custoza e di Adua?».

Nessuno ebbe la scortesia di fargli notare che Adua, quando lui aveva scritta quella frase, era ancora di là da venire.

«Ma oggi il popolo d'Italia è il popolo di Gorizia e del Sabotino, del Piave e di Vittorio Veneto! E se questo popolo, o signori, ci chiede, qui e ora, di allontanare l'olocausto dai suoi focolari, ebbene, il grido di questo popolo noi lo ascolteremo! Non quello delle casseforti e dei consigli d'amministrazione, ma quello del popolo: ad esso il Reggente s'inchina».

Tacque un istante, contemplando l'uditorio soggiogato.

«Lor signori, in quanto rappresentanti del Libero Comune, avranno la bontà d'eleggere dei plenipotenziari, che trattino col generale Caviglia la consegna della città e l'ingresso delle truppe regie. Il Comandante di Fiume, da oggi in poi, rinunzia alla sua autorità».

I delegati, ora, rumoreggiavano, ma Gabriele non se ne curò; come non si curò degli ufficiali ch'erano rimasti, impietriti, alle sue spalle.

«Io rassegno nelle mani del popolo di Fiume» ribadì con voce metallica e ben scandita «i poteri che mi furono conferiti. E attendo che il popolo di Fiume mi chieda di uscire colle mie legioni dalla città, dove non venni se non per la sua salute».

Scendendo dal podio, mi passò accanto. «Che fatica!» mormorò. «Per fortuna è finita».

«Non si può entrare»» disse Italo.

«Levati di lì, fesso» ribatté uno degli uomini di Faussone; e senza tante cerimonie lo spinsero da parte. Entrati che furono, s'allinearono taciti contro la parete, spintonandosi per trovar posto: tanti stivali impiastrati di fango, tanti calzonacci grigioverdi. Faussone, con un pullover nero sotto la giacca a vento e un fez nero che gli spioveva sulla nuca, si mise sull'attenti davanti al Comandante. Gabriele non pareva affatto sorpreso dell'irruzione e li guardava tranquillamente, lisciandosi il mento; dove era sorta, negli ultimi tre o quattro giorni, una barbetta ispida e canuta. Italo aveva tentato di entrare anche lui, ma gli avevano richiuso la porta in faccia.

«Allora?» chiese il Comandante. I suoi occhi erano gonfi e rossi per la mancanza di sonno, ma nell'unico che vedeva ancora brillava una luce d'attesa.

«Li abbiamo trovati» comunicò brevemente Faussone. «Ce ne sono quattro. Cinque, con quell'altro».

«E dove sono?».

«Al sicuro. Nel magazzino del Silurificio, chiusi col lucchetto. La polizia non ne sa niente».

«Bravo Faussone» lodò il Comandante. L'omone s'impettì visibilmente.

«Gliene abbiamo portato uno. Questo qua» aggiunse con una smorfia indefinibile «parla italiano».

A un cenno del capo, gli arditi spinsero avanti un uomo che fino allora s'era potuto confondere nel gruppo, e che a giudicare dalla sua faccia non aveva nessuna voglia d'essere sospinto così alla ribalta. Vestiva una giacchetta di taglio militare e d'un colore malcerto, senza colletto e senza spalline.

«L'avete già interrogato?» s'informò Gabriele, esaminandolo con curiosità, come una bestia rara.

«Signorsì».

«E ha parlato?».

«Anche troppo. I ragazzi volevano fargli subito la pelle».

L'occhio di Gabriele brillò.

«Tu» disse, rivolgendosi al prigioniero. «Capisci quel che dico?».

«Certo» borbottò l'altro.

Gabriele tacque per un istante.

«Chi l'ha buttata nel pozzo?» sussurrò poi.

L'uomo si strinse nelle spalle.

«Io. Ma era già morta. Io non volevo mica ammazzarla. Valeva dei soldi, quella lì. Ma Petar e Zeljko l'hanno ammazzata».

Gli uomini s'erano avvicinati, ora; e ascoltavano in un silenzio carico di tensione.

«E come l'hanno ammazzata?» proseguì il Comandante.

«Ma così» brontolò l'uomo, indifferente. «Le hanno legato le mani dietro la schiena. Poi le hanno legato il collo alle caviglie, col cavo elettrico. Lei piangeva, io credevo che volevano solo spaventarla».

«E invece?». La voce di Gabriele s'era ridotta a un soffio.

«E invece volevano proprio ammazzarla. E quando ha visto che non moriva, Petar si è arrabbiato, e ha preso il cacciavite, e le ha bucato la guancia. Ci ha messo un po', ma alla fine ci è riuscito. Ma lei strillava come un maiale, anche se le avevano riempito la bocca di terra. Allora Zeljko ha preso una pietra e glie l'ha data in testa finché è morta. Poi abbiamo litigato. Io dicevo di bruciarla, ma gli sterpi facevano solo fumo, lì nel cortile è troppo umido. Alla fine l'abbiamo buttata nel pozzo».

«E le altre ragazze hanno visto tutto?».

«Certo. Almeno imparano a non fare tante storie. Quella lì ne faceva troppe».

Nella stanza non si sentiva volare una mosca.

«E tu, dove hai imparato a parlare italiano?» chiese dopo un po' il Comandante. L'uomo aprì la bocca, poi la richiuse. Non capiva.

«Ma io sono italiano» si decise infine.

Venne fuori che quel brav'uomo era caporale al *** fanteria, ed era stato acquartierato dopo l'Armistizio nella campagna di Lubiana. Quando gli era arrivato il foglio di congedo aveva deciso di non tornare in Italia, dove le questure ne sapevano troppe sul suo conto, e restare lì, dove aveva già avviato certi traffici. La ragazza era una figlia di contadini di quelle parti, ed era stato lui a consegnarla ai compari, quando avevano deciso di scendere a Fiume e mettersi nel commercio di carne viva.

«Era roba mia» disse l'uomo; e parve che non volesse aggiungere altro. Ma quando Faussone gli fece capire che non intendeva accontentarsi di una risposta così evasiva, si sciolse la lingua. Il reggimento, raccontò, era appena arrivato agli acquartieramenti, dispersi nella campagna; era già inverno, e c'era poco o niente da mangiare. Per rincalzare i maccheroni del rancio, i soldati, col tacito consenso degli ufficiali, battevano la campagna alla ricerca di qualche commestibile; e non di rado ci scappava uno scambio di fucilate con le bande di disertori austriaci che si nascondevano nei dintorni. Un bel giorno, la squadra comandata dal caporale ne aveva messi in fuga tre o quattro che avevano invaso una cascina; e frugando era saltata fuori una ragazza tremante nascosta nella stalla. Con qualche parola italiana smozzicata, un po' di slavo e molti gesti, la ragazza aveva spiegato che era rimasta sola lì, che crepava di fame e aveva paura degli sbandati, e aveva implorato i soldati italiani di prenderla con sé, offrendosi di lavare la loro biancheria. Il caporale, senza ragionarci sopra più di tanto, le aveva detto che andava bene, li seguisse pure.

Mezz'ora dopo la squadra era sulla strada del ritorno, seguita dalla ragazza con un fagotto di stracci in spalla. Il caporale, però, s'era accorto che gli altri erano scontenti e macchinavano qualcosa. Arrivarono alla cascina abbandonata dov'era il loro quartiere: lì dormivano, chi nelle stanze senza vetri e senza scuri, chi nel granaio e chi nella stalla. Il caporale aveva condotto la ragazza nella propria stanza e s'era messo a cercare un materasso; ma quasi subito i suoi uomini erano arrivati tutti quanti lì con aria cupamente determinata, e gli avevano detto che così non andava bene. Non poteva certo tenersela lui da solo, la femmina. La ragazza capiva e non capiva: nel suo italiano stentato s'affannò a promettere che le avrebbe lavate a tutti, a tutti, le camicie. Sì, avevano proprio in testa le camicie! Il caporione disse duro in faccia al caporale che se la ragazza voleva star lì e avere da mangiare, doveva appartenere a tutta la squadra. Erano dodici. Il caporale alzò le spalle, per quel che gliene importava! Spiegarono alla ragazza tremante quel che volevano da lei; e il caporione aggiunse che già stasera, se voleva mangiare, doveva cominciare: con tutti e dodici. La ragazza non mangiava da due giorni ed era sul punto di svenire: acconsentì all'ignobile mercato. «Però» aggiunse il caporale, recuperando quell'autorità che gli stava sfuggendo di mano, «comincio io»; e gli altri riconobbero che era giusto. Li lasciarono soli, e il caporale fece quel che voleva; poi chiamò il secondo. La ginnastica continuò fino a notte fonda.

Disse proprio così, il caporale: la ginnastica.

«Alla fine non riusciva nemmeno a pisciare» sghignazzò.

Gabriele si pulì il monocolo, se l'avvitò nell'orbita, lo squadrò freddamente; ma il labbro inferiore gli tremava.

«E poi?».

Poi non c'era più molto da aggiungere; qualche tempo dopo, al momento del congedo, tutti erano stati d'accordo che il loro patto era sciolto, e che la ragazza apparteneva al caporale, il quale del resto aveva già le idee chiare su come mettere a frutto quella proprietà. Quel che non aveva immaginato, dopo un tale addestramento, è che le maniere dei suoi nuovi soci, e il trattamento che le avevano fatto subire per metterla sui marciapiedi di Fiume, avrebbero spinto la ragazza a ribellarsi fino al punto che quelli, stufi, avevano preferito liberarsi di lei.

«Peccato» ripeté il caporale. «Roba buttata via. Ma son fatti così gli slavi, sono dei selvaggi».

Quando tacque ci fu un prolungato silenzio, rotto infine da Gabriele.

«Faussone» mormorò.

«Signorsì!» esclamò l'omone, facendo un passo avanti.

«Portami fuori quest'immondizia» sussurrò Gabriele, a voce bassissima. «Poi torna qui».

L'uomo venne portato fuori e lasciato lì, sotto la scorta di un paio di arditi; poi Faussone rientrò.

«E gli altri sono come quello?» domandò Gabriele, accennando alla porta.

«Col suo permesso, Comandante, anche peggio» disse Faussone.

«Cosa facciamo?» chiese Gabriele, con voce chioccia. Aveva gli occhi più arrossati che mai, e il naso gli colava: il raffreddore s'era di nuovo impadronito di lui, e un altro po' del suo cervello se ne andava in moccio.

«Faussone, noi fra pochi giorni ce ne andiamo di qui, lo sai, no?» continuò, quasi ragionasse fra sé. «Se li consegniamo alla polizia, troveranno il modo di tornare a spasso».

«Poco ma sicuro» confermò Faussone.

Gabriele tacque. Io ero il Reggente del Carnaro, pensò. Ho stampato francobolli. E questi uomini credono in me, faranno qualsiasi cosa gli dirò. Aspettano ch'io mi decida. E anche la ragazza, laggiù nel cortile della cascina, dove l'abbiamo sepolta quella notte, aspetta. Credevo d'essere soltanto io, ad aver vissuto una vita inimitabile. E la sua, non lo è stata? E la bella morte che aspettavo, d'ora in poi non riuscirò più a figurarmela come una donna magra col veleno nell'anello: dietro il velo s'affaccerà sempre la cosa in fondo al pozzo, colla guancia bucata. E il peggio è che la mia carne si eccita quando ci penso. La carne è vile.

Gli uomini tacevano, in attesa. Gabriele aveva sempre detestato dover prendere delle decisioni. Ma qui non si scappava. Non aveva detto lui stesso, qualche tempo prima, che chi tradiva andava sgozzato a ferro freddo? E costoro, non erano peggio?

«Occupatene tu» disse alla fine. «Che non se ne senta più parlare. M'intendi? Che nessuno mai più senta parlare di questi miserabili».

«Signorsì» disse l'uomo dalla palpebra tagliata, sollevando il labbro sui canini.

«M'hai inteso bene? Bada!».

«Ho inteso, Comandante» sussurrò Faussone.

Quando rimanemmo soli, Gabriele si sedette. Era stanco, ma l'occhio gli brillava.

«Sai?» disse. «Per molte notti mi è parso di sentire quell'assassinata che urlava, nel suo buio inerte, sotto la pioggia molle. Ora, mi pare che non urli più».

Forse ero stanco, forse assorto in pensieri miei: la casa di Milano, per esempio, coll'affitto arretrato da pagare. (Avevo scritto al padron di casa, ma non mi era ancora arrivata risposta). S'accorse che gli badavo poco, e si risentì.

«Sarà anche poco» borbottò. «Ma l'avevo detto e l'ho fatto».

13
La resa dei conti

Quando seppe che partivamo, Delfina piagnucolò un po', ma ci mise poco a rasserenarsi: mi bastò cavare il portafoglio. Non che potessi lasciarle molto, ma almeno le corone colla stampigliatura ungherese e croata, quelle era inutile portarmele via, sai che tesoro!, e invece lì a Fiume correvano ancora. M'infastidiva un po' l'idea che di lì a poco altri uomini l'avrebbero pagata con i nuovi biglietti jugoslavi; ma come non potevo certo portarmela dietro, in fondo era giusto che condividesse la sorte della città. Ora era lì che beveva il caffè, cogli occhi ancora un poco arrossati, sollevando il mignolo. Vero caffè: dopo il cessate il fuoco, miracolosamente era ricomparso anche quello.

A un certo punto, chi sa perché, volle sapere del Comandante.

«Ah, lui è tranquillo» rassicurai. «Crede di aver chiuso tutti i conti».

La ragazza dovette notare una punta d'agro nel mio tono, perché depose la tazzina e mi guardò, meravigliata.

«Ti xe rabià con lù?» domandò.

«Ma no!» borbottai, scontento. E infatti, che cosa potevo mai rinfacciargli? Di non essersi fatto ammazzare alla barriera? Ma figuriamoci! Ecco, forse era proprio per la pieghevolezza con cui si stava già adattando alla nuova situazione, e s'era persuaso d'aver messo a posto tutto. Per l'ennesima volta. Ma un conto s'era dimenticato di chiuderlo.

Quando le parlai della ragazzina di buona famiglia, Delfina rise perdutamente. Nessuno le aveva mai detto che anche le signorine la danno proprio come le proletarie, anzi forse ancora più facilmente. Come? Sto diventando volgare? Be', allora, ecco quello che scriveva Leopardi al fratello Carlo, da Roma, nel novembre 1822, a proposito delle donne romane (che l'avevano piuttosto deluso): «non la danno (credetemi) se non con quelle infinite difficoltà che si trovano negli altri paesi».

«El sarà co ela adesso?» insisteva Delfina.

Mi strinsi nelle spalle, non ne avevo idea. Gabriele da qualche giorno era diventato molto misterioso, soprattutto con me. E fino a quel momento, diciamolo pure, anch'io avevo avuto altro a cui pensare. La curiosità di Delfina, però, mi rimase attaccata, e in un'epoca successiva provai qualche volta a interrogarlo, come casualmente: se l'avesse poi riveduta, Cosetta, prima di partire da Fiume. Ma cambiava sempre discorso, e non volle mai raccontarmi nulla. Ho dovuto aspettare fino a pochi giorni fa, per saperlo.

Ero in un caffè sul lungolago. Bevevo una gazosa. Una squadra di ausiliarie si stava esercitando in uno spiazzo. Quando ruppero le righe, l'ufficiale che le comandava entrò nel caffè e si diresse al banco.

«Un cognac!» ordinò, in tono secco.

Era una donnina minuta, col basco ben calcato e occhialini rotondi dalle lenti nere. Non so perché m'interessai a lei: ero lontanissimo dall'immaginare chi fosse. Certo non riconobbi la voce, che s'era fatta profonda, e rauca. L'ausiliaria bevve il cognac in un sol fiato, poi si tolse i guanti, accese una sigaretta. Io avevo abbassato il giornale e la stavo osservando; forse il mio sguardo l'infastidì, non so, o forse fu lei a riconoscermi per prima. Si levò le lenti, e in quel momento la riconobbi anch'io.

«Mi scusi, ma lei non è il capitano A***?» chiese, avvicinandosi al mio tavolo.

Mi alzai in piedi.

«E voi siete la signorina Cecilia. O signora?».

«Faccia lei» mormorò con un sorriso stanco. Al dito, però, aveva una fede d'ottone.

Si sedette al mio tavolo e scambiammo i convenevoli più triti; ma intanto non finivamo di esaminarci. Non so cosa vide lei, ma io vedevo una donna di mezza età, troppo magra, cogli occhi assediati dalle rughe; e piena di un'energia malsana, alimentata da una fornace che s'indovinava sempre accesa. Il colorito, però, era smorto, e le occhiaie peste, chiunque avrebbe capito che dormiva troppo poco.

In forse mezz'ora che restammo lì, il posacenere si riempì di mozziconi imbrattati di rossetto.

Sul bavero della sua divisa, il gladio argenteo della Repubblica brillava come un gioiellino (scoprii più tardi che se l'era fatto fare davvero d'argento, da un orafo, a sue spese).

Di sé mi disse poco o nulla. Parlammo soprattutto di Lui. È morto da sei anni, ma sembrava che dovesse entrare da un momento all'altro nel caffè.

«L'avete ancora rivisto?» m'informai prudentemente.

Scosse la testa, con un sorriso disilluso.

«Solo da lontano, a qualche cerimonia. Gli ho scritto una volta, ma non mi ha mai risposto».

La cosa non mi stupiva affatto. Avrei potuto dirle che altre cinquanta, o cento, erano nella medesima situazione. Invece, per pietà, provai a imbastirle una spiegazione consolatoria.

«Non apriva mai le lettere. Si accumulavano, poi il segretario un bel giorno le apriva tutte per controllare che non ci fosse qualche assegno, e buttava via il resto. Lo so bene, per tanti anni fui io ad avere quell'incarico. Ma non più dopo il ritorno da Fiume» mi affrettai ad aggiungere.

Ma Cecilia non mi ascoltava.

«Quando ci hanno trasferite qui, sono andata subito al Vittoriale» raccontò, già di nuovo piena di una vivacità artificiale. «Ho fatto tutto il giro della villa, ma non ho potuto entrare. Lei c'è stato?».

Poiché le faceva piacere, le descrissi ogni cosa. Si beveva tutto, il mento appoggiato sui pugni, con gli occhi scintillanti. Ovviamente ci volle ben più di quella mezz'ora che trascorremmo al caffè: credo di aver continuato tutta la notte, tanto, si sa, l'argomento è inesauribile. Forse fu soltanto per non interrompere quel racconto che venne a letto con me. Ma non credo: era affamata. Il marito, a quanto pare, era rimasto a Fiume, non lo vedeva da mesi.

Mentre ci spogliavamo, non potei fare a meno di ricordare tutto quello che Gabriele mi aveva raccontato di lei: come amante, voglio dire. Nonostante fossero passati tanti anni, certi particolari non avevo potuto dimenticarli. Ma mi accorsi presto che quegli anni erano passati davvero: e non tanto perché la sua bocca era molle come un cencio, e la sua carne, qua e là, cedeva sotto le mani. Minuscola com'era, anzi, poteva passare ancora per una ragazzina. Erano i gesti esperti, e le parole impudiche, che lasciavano intuire tutto il tempo ch'era trascorso.

«Sono una brava puttana?» sussurrò, a un certo punto.

La guardai, era madida di sudore, benché nella stanzuccia faccia sempre freddo, e le riluceva negli occhi una luce torbida.

Ed è lì che mi feci raccontare quel che era successo quell'ultima notte.

«Fu Gabriele a telefonarmi. Se avesse risposto mia madre non sarebbe accaduto niente, magari non l'avrei più rivisto. Invece andai a rispondere io. Lui aveva la voce rotta, stravolta. Io parlavo a voce bassissima, per non farmi udire: c'era tutta la famiglia in casa.

«Per un po' abbiamo solamente ripetuto, come inebetiti: "Sei tu? Sei tu?".

«Non so cos'altro ci siamo detti: bruciavamo tutt'e due di febbre, ed eravamo costretti a quel bisbiglio.

«"Vuoi che venga?" gli dissi alla fine. "Vuoi che venga da te?".

«Ho avuto bisogno di tutto il mio coraggio per uscire. Gabriele se n'è accorto subito, appena mi ha messo la lingua in bocca. Si vede che avevo un gusto forte».

Nuda com'era, si levò da sotto le coperte, attraversò la stanza gelida per raggiungere il pacchetto di sigarette, poi tornò a rincantucciarsi accanto a me. I suoi piedi erano freddi.

«Fece una smorfia, si staccò da me e mi guardò. A me scappava da ridere.

«"Ridi? Hai bevuto?". Io annuivo, cercavo di sembrare vergognosa, ma continuava a scapparmi da ridere.

«"Hai bevuto prima ch'io ti chiamassi... o dopo?" insisté.

«"Prima... e dopo!" credo di avergli risposto. Mi piaceva essere sfacciata. Fui nuda prima di lui, non gli diedi nemmeno il tempo di spogliarsi. La sua uniforme mi faceva impazzire. Volevo, capisci, che quella stoffa ruvida mi sfregasse la pelle. Che mi facesse male. Mi sfregai contro di lui, sfregai quello che lui chiamava l'oro e il corallo.

«"Tu! Quanto mi sei mancato!" ripetevo. Lì credo di aver avuto un guaito di dolore: mi ero sfregata un po' troppo. E allora, non so perché, Gabriele mi respinse. Era diventato gelido di rabbia».

Un po' di cenere era caduta sulla coperta ruvida. La spazzò via; poi, per la prima volta, sentì freddo, e rabbrividì. Spense la sigaretta e mi si accucciò addosso.

«Non ho mai capito perché si fosse arrabbiato. Le altre volte gli piaceva che io fossi impudica. Tu riesci a immaginarlo?».

Era da un pezzo che non mi disturbavo più a indovinare i pensieri di Gabriele, ma l'avevo fatto tutti i giorni per così tanto tempo che mi riuscì naturale riprovarci.

«Io credo» dissi lentamente «che Gabriele in quei giorni non avesse piacere di ricordarsi che si può trarre godimento dalla sofferenza».

La donna mi guardò senza capire.

«Ma se è la cosa più importante che mi ha insegnato!» ribatté poi, stringendosi nelle spalle.

«Può darsi» ammisi. «Ma in quel momento, tu gli facevi tornare davanti un fantasma con cui credeva d'aver regolato i conti. Era come se uscissi dal pozzo, con un cavo elettrico al collo».

Stavolta, Cecilia si rizzò sul gomito e mi guardò con stupore.

«Che cavo elettrico?».

«Ma non ti ricordi?» dissi. Chissà perché, avevo creduto che la sapesse bene quanto me, quella storia: a tal punto mi pareva inseparabile dalla sua. Invece dovetti rendermi conto che non ne aveva mai saputo nulla.

«Raccontamela!» disse, imperiosa; e io ubbidii.

Ascoltava accucciata contro di me, cogli occhi spalancati. Quando giunsi al pozzo, la sentii tremare.

M'interruppi.

«Che c'è? Ti angoscia questa storia? Vuoi che lasciamo perdere?».

«Spegni la luce» mi ordinò per tutta risposta, con la voce rauca; e quando ebbi ubbidito, mi montò con tanta furia da lasciarmi senza fiato.

Appena si fu sfogata si rivoltò sulla schiena, e accese un'altra sigaretta. Il suo visino aguzzo s'era fatto duro.

«Però non capisco lo stesso» obiettò. «Perché quello che mi ha insegnato, me l'ha insegnato proprio quella notte. Oh, l'avevo già letto nei suoi libri, si capisce. Sapevo tutto, o almeno credevo; ma quell'ultima notte è stato diverso. E allora non capisco».

Io, invece, capivo fin troppo bene.

«Non sai che Gabriele non ha mai resistito alle tentazioni? Ebbene, neanche allora ha saputo resistere. E forse è stato tanto più crudele quanto più lo infastidiva vedersi così smascherato».

Cecilia annuì, ora cominciava a capire anche lei.

«Sai che mi disse quella notte Gabriele, dopo avermi respinta? Mi disse così: "E quando non ci sono io, come fai?". Io non capivo. Vedevo, questo sì, che c'era in lui una strana voluttà. Ma non potevo capire. Ero ingenua, e ubriaca. "Non lo sai?" gli sussurrai all'orecchio; e ridacchiavo ancora. “No! Non lo so! Fammi vedere!” ribatté lui. “No” mormorai. “Non lo immagini da solo?”. Credevo bastasse. Ma lui insisteva, cupo. “E con cosa?”. Ero inquieta, ora. Non avevo più voglia di ridere. Eppure confessai. “Con un flacone di profumo; o col manico d’una spazzola”. Mi vergognavo tanto. E lui...».

Cecilia tacque.

«E lui?» sussurrai.

«Mi disse che voleva vedere» riprese, con voce atona. «Con furore, sì, con furore si strappò dalle mie braccia che l’avevano ripreso. Cercò in una borsa e ne cavò una spazzola dal manico d’avorio. Mi pare ancora di vederla, quella spazzola. Me la ficcò in mano, mi serrò le dita a forza sulle setole. “Ecco! Fammi vedere!”. Io tremavo forte. Continuavo a ripetere: “Non voglio!”. Ma lui insisteva. “Voglio vederti” ripeteva».

Deglutii.

«E tu hai ubbidito?».

La donna tacque un istante. Tutt’intorno a noi era buio.

«Certo» mormorò poi.

«E come?».

«A schiena in aria. Piangevo. Mi ricordo che gli ho detto: “Ma perché? Perché, ora che ci sei tu? Perché mi costringi a far l’amore con una cosa gelida?”».

«Ora capisci, eh?».

«Certo. Allora non capivo. Ma non ne avevo neanche bisogno. Quello che avevo letto nei libri mi bastava. Piangevo, ma l'ho fatto. Ci credi? Mi sentivo amata».

«Ecco qua» mormorò umilmente Cecilia, quando ebbe finito di raccontarmi questo e altro.

Le accarezzai i capelli per un po'.

«È vero, sai» dissi.

«Cosa?»

«A modo suo, ti amava».

«Lo so»» disse con patetica fierezza.

D'un tratto s'accorse che era tardi.

«Bisogna che vada» esclamò; e un istante dopo si stava già infilando le calze, allacciando il reggiseno. Abbottonata la giacca grigioverde, tirò fuori dalla borsetta un pettinino, si ravviò i capelli, si passò un filo di rosso sulle labbra. Stava per baciarmi, ma non volle rovinarsi il trucco: ebbe un sorriso incerto, poi lo nascose dietro le lenti nere. S'allacciò la fondina e il cinturone, e sparì.

Io rimasi a letto a fumare, pensando che se n'era andata così anche dalla stanza di Gabriele, dopo quell'ultima notte: era come se la sua vita, dopo averlo incontrato, fosse costretta a seguire all'infinito sempre lo stesso labirinto. Rimasi lì a ripensare a tutto quello che mi aveva raccontato, a evocare colla fantasia quegli ultimi minuti, laggiù a Fiume, ventiquattro anni fa.

Albeggiava.

«Ora bisogna che io vada».

Gabriele trasalì.

«Perché? Oh, perché? Rimani!».

Cosetta lo guardò con un accenno di sorriso sul piccolo viso stanco, gonfio d'insonnia.

«Ma no! Come farei a rientrare a casa? Guai se qualcuno fosse già sveglio! Iersera sono scappata di nascosto».

«Rimani!» insisteva lui, testardo. «Non te n'andare! Resta con me!».

Cosetta sorrise ancora, tristemente.

«Ma se tu stesso non rimarrai... Non vedi? Ormai!».

E non disse altro. Svelta, finiva di vestirsi.

«Non rimani, dunque?».

«Non si può...» sussurrò. «È tardi! Addio, mio Ariel!».

«Addio. Anzi no, aspetta!».

Gabriele raggiunse l'angolo della stanza dove Crissa aveva dormito per tutta la notte un sogno agitato, popolato d'incubi canini. Ora la cagna era sveglia, sospettosa. Gabriele si chinò su di lei, le sfilò il sottile collare di cuoio nero, dalle borchie d'argento. Raggiunse Cosetta, le scostò il bavero, glielo allacciò al collo. Stringeva appena.

«Portalo, quando vorrai ricordarti che sei mia» le mormorò all'orecchio.

Cosetta sfiorò il collare con la punta delle dita.

«Lo porterò tutte le notti»» mormorò; e aprì la porta, verso la luce lattiginosa dell'alba.

La porta si richiuse dietro di lei...

Quello che mi ha raccontato Cecilia arriva fin qui. Ma ora so anche cosa fece Gabriele quando rimase solo. In parte, lo so perché lo conoscevo bene: e son sicuro che s'avvicinò al letto troppo piccolo, al lenzuolo disfatto dov'era rimasta l'impronta del corpo di lei. E lui s'inginocchiò, annusò, in quell'umido, fino a ritrovare il suo odore.

Poi Crissa ringhiò piano. Gabriele si volse verso la cagna inquieta. Si accovacciò presso a lei, e gli venne in mente l'ultima volta che l'aveva fatta correre. So che è così, perché me ne parlò, il giorno dopo: e io non capii, allora, come gli fosse venuto quel pensiero. Ricordo che anche allora, dopo la gara vittoriosa, s'era chinato sulla cagna, per coprirla amorevolmente col pastrano. E soprattutto ricordò come aveva gridato la lepre squarciata, contorcendosi fra i denti, prima di morire.

«È una crudeltà, non è vero? Eppure allora non ce ne accorgevamo. Chi mai, su quella pista, in mezzo ai cani folli d'entusiasmo, all'ebbrezza della vittoria, pensava alla lepre?».

Lo ripeto, allora non capii come mai gli passassero per la capoccia questi pensieri; non erano da lui. Ora so che s'era accorto che alla fine i conti non tornavano.

14
Cosala

Gabriele sognava di trovarsi in un antro, e quell'antro era una stazione ferroviaria. La stazione ferroviaria di Fiume, anzi, senza possibilità di dubbio, tutta carica di stucchi imperialregi. Addentrandovisi, però, Gabriele verificò che naturalmente era il Louvre. Che fosse a Fiume non lo stupì: dopo tutto c'era lui, lì. Semmai lo infastidiva che il museo fosse stato trasferito in una stazione ferroviaria: per via della guerra, evidentemente. Ma questo problema smise subito di interessarlo. In fondo allo scalone biancheggiava una figura alata.

«Vedi?» disse a chi lo accompagnava. «È la Vittoria. La Vittoria di Samotracia».

Quello (quella?) fece una smorfia.

«Ma è mutilata» osservò.

Eh, diamine, pensò Gabriele. È vero. Ma io che ci posso fare, ancora? Ho già fatto tutto quello che ho potuto. Sono stati quegli altri, a mutilarla. E del resto, avvicinandosi, vide che non era affatto la Vittoria, ma la Venere: di Milo, è chiaro. E pure lei agitava i moncherini mutilati: cercando d'indicare, ma senza arrivarci, le cicatrici che aveva sul ventre, sulle cosce.

«Non ho tempo» obiettò Gabriele. «Devo prendere il treno».

E davvero la locomotiva s'avanzava fischiando, in una nuvola di vapore.

Gabriele prese su le valigie e s'avviò deciso al treno.

Quando lo svegliai, si tirò su fregandosi gli occhi. Erano gonfi e rossi, come se non avesse dormito affatto.

«È ora?» s'informò.

Mi strinsi nelle spalle.

«Tanto senza te non cominciano».

Ero un po' stanco anch'io, a questo punto.

Gabriele si guardò intorno. Dopo la firma dell'Armistizio, era tornato a dormire nella stanza da letto dell'appartamento devastato: lì, a parte qualche calcinaccio, di danni non ce n'erano stati.

«Ho sognato che ripiegavo la mia carne come un mantello» disse, pensoso.

«Un mantello rosa? Chic!» commentai. Non so per quale capriccio mi sembrava di dover essere frivolo, stamattina. Ma Gabriele scosse la testa.

«Non era rosa. Era senza colore. Poi ho sognato che l'appendevo a un chiodo che sporgeva da una parete. E anche la parete era senza colore».

Pareva assorto nel ricordo. Capii che stamattina non era il caso di scherzare.

Mi raccontò il resto del sogno: come quel mantello di carne era finito, ben ripiegato, nella valigia, e l'andata alla stazione. Poi guardò verso la finestra opaca.

«Piove?» chiese.

«Certo» risposi. Erano due giorni che pioveva a dirotto.

«Bisognerà vestirsi caldi» decise. «L'ombrello, purtroppo, non potremo portarlo».

Assentii: alla commemorazione dei caduti, dei caduti delle due parti!, l'ultimo atto pubblico che il governo gli aveva concesso di interpretare prima di partire da Fiume, non potevamo certo farci vedere coll'ombrello.

«Che risveglio» disse fiaccamente. «Con un mondo che crolla, e tutte le cose belle che crollano. Mi pare di essere al fondo di una palude, e dover fare uno sforzo angoscioso per risalire verso la luce. Ci riesco, e che luce trovo?». Fece un gesto disgustato verso la finestra. «Incolore, pure quella! Anzi» si corresse, «colore del fango».

«Oh, fango ce ne sarà finché vuoi» commentai.

Mise i piedi per terra, scalzi. Portava un pijama di lana.

«Ci sono giorni in cui più si muore. Non mi sono mai sentito morire come oggi» borbottò. «Non senti quest'odore?».

Annusai la mia divisa; ero stato sotto la pioggia un momento prima, in giardino, a dare disposizioni per l'automobile.

«È il grigioverde. Lo sai come puzza quand'è umido» dissi, ricordandomi della trincea. Ma Gabriele scosse la testa.

«È un odore verde, sì. Anzi verdastro. Ma non è la divisa. È un odore di tomba umida che sale fin qui».

Cominciavo ad averne abbastanza di quel tono funebre.

«Oh, per l'amor del cielo! Già stiamo andando al cimitero, aspetta d'essere là per sentire odor di tomba. Anzi, se possibile sbrighiamoci, ci staranno già aspettando; e intanto piove anche là, in testa a tutti quanti».

Si accigliò, poi si mosse. Lasciar aspettare il suo pubblico gli dispiaceva: non fosse mai, poi, che la pioggia persuadesse qualcuno a tornarsene a casa.

Mezzo vestito, s'affacciò alla finestra.

«Cielo austriaco, avremmo detto una volta» annunziò, scuotendo il capo, dopo aver contemplato l'acqua che colava sui vetri. «Ora diremo: cielo giolittiano!».

Si sforzava d'essere di buon umore, ma eravamo tutti depressi, perfino Italo. Eppure, entrando col caffè, m'aveva strizzato l'occhio; e alla prima occasione:

«So' cotto! Nun ho chiuso occhio. Sa, sor capitano, nun faccio per vantarmi, ma 'sta mia regazza me fa impazzì. Quasi quasi me la porto a Roma».

Poi, però, l'umore dominante l'aveva contagiato. Se n'era andato, mogio. Gabriele aveva fatto mostra di non sentirlo, ma quando Italo fu uscito mi disse, mentre si infilava gli stivali:

«Sai? Pure la voluttà non mi attira più. Mi succede oggi quel che m'è già successo in guerra, alla vigilia di qualche volo pericoloso. Non riesco più a crederci, ecco tutto. Com'è patetico il piacere in una carne che domani può essere un pallido sacco d'acqua amara!».

Il monocolo all'orbita, dette un'ultima occhiata intorno. Partivamo la sera stessa: lì, secondo ogni verosimiglianza, non saremmo tornati più. La mia Remington era già imballata nel baule, coll'indirizzo di Milano. Il Comandante non lasciava niente, perché niente aveva portato: non c'era un arredo né un ninnolo che non fosse appartenuto ai vecchi governatori magiari. Anzi, uno c'era, e Gabriele sogghignò soppesandolo, quasi si chiedesse se doveva portarlo con sé; poi lo rimise giù, con un gesto brusco. Era il piattino di ceramica col pavone, pitturato dalla signora Cosulich.

«Sai?» mi disse, prendendomi sottobraccio; ma non era familiare il gesto, sembrava piuttosto assorto. «Mi sembra di sentire le grida delle cose. E so che le sentirò ancora per giorni, attraverso la distanza. È l'ultimo strazio».

Si lisciò la barbetta.

«Qui, se non altro, non mi porteranno via nulla. Non come a Cervignano». Laggiù, dove abitava durante la guerra, nei giorni di Caporetto la casa era stata invasa da ufficiali nemici, lietissimi di portarsi a casa qualche cimelio. Un tenente austriaco, certo Müller, era riuscito, chissà poi come!, a portarsi a Vienna quaranta cuscini di damasco rosso. Non molto tempo prima, il signor Müller aveva scritto a Gabriele chiedendogli se gli avrebbe fatto piacere di riaverli. Il Comandante lo ringraziò, ma preferì declinare la restituzione.

«È troppo dannunziano» commentò. «Ti immagini l'effetto che farebbe l'arrivo a Fiume di un camion coi quaranta cuscini rossi? Chi sa cosa direbbero i giornali americani!».

Guardai l'ora, si faceva tardi.

«Andiamo?».

«Un momento ancora» mi rispose. Aprì uno dopo l'altro i cassetti della scrivania. Da uno tirò fuori una scatolina, e la fece sparire in tasca. Da un altro cavò fuori un cofanetto, e lo rovesciò sul tavolo con malgarbo. Frusciarono fuori tutte le sue decorazioni: le cinque medaglie d'argento, la *Croix de guerre*, le croci serbe, francesi, russe. Ultima cadde fuori la medaglia d'oro. L'aveva avuta a guerra finita, e non gli aveva fatto piacere. «Sa di pensionamento; peggio: di decorazione postuma» mi aveva detto. Pensare che prima aveva brigato così tanto, per averla! Quando, dopo il volo su Vienna, gliene avevano data un'altra d'argento, l'aveva buttata con rabbia nel cassetto, esclamando: «Resta lì, finché non diventi d'oro!». Anche quel gusto, però, gli era passato.

«Non ne voglio più sapere» borbottò. «Non la trovi semplicemente ridicola, tutta questa chincaglieria?».

S'avvicinò alla stufa, aprì lo sportello. La stufa tirava, il piccolo averno rosseggiava di braci. Prese su una manata di decorazioni, le buttò dentro. Raccattò le ultime, che seguirono il destino delle altre; poi serrò lo sportello.

«Ecco il coronamento della gloria!» disse.

Uscendo volevo raccomandare a Italo che aprisse la stufa e corresse a tirar fuori le medaglie, ma non lo incontrai, doveva essere andato a mormorare le ultime paroline alla "regazza". Chissà che fine avranno fatto.

Scendendo lo scalone, mentre s'infilava i guanti, Gabriele mi chiese:

«Che aspetto ho?».

Lo osservai. Era invecchiato, ma si manteneva marziale.

«Ottimo» dissi.

«Meno male!» sospirò. «Sai, saranno tutti là a giudicarmi. Chi mai al mondo è stato più giudicato e condannato di me? Quando sarò morto, vedo già un concilio di giudici vermi sopra la mia salma non ancora composta».

Al cimitero di Cosala pioveva. La folla era strabocchevole, e da tutta quella moltitudine di mantelli e giacchette umide saliva un vapore denso. La pioggia stamburava sugli elmetti del picchetto d'onore e gocciolava dalle sagome scure dei cipressi. Un pretone disse la messa per i caduti, e toccò scoprirsi il capo, mentre quello salmodiava nel suo latino puzzolente di lucerna e di seminario. Per fortuna, prima che la messa fosse finita spiovve; però tirava un vento gelido dalla montagna. Il Comandante disse poche parole stentate; era lì, avvolto nel mantello nero della grande uniforme, colle stellette luccicanti sul colletto, il cranio calvo lucido di pioggia, e ogni tanto tossiva. S'era dovuto forzare a scriverlo, quel discorso, e l'ispirazione non c'era; di abbracci e di riconciliazione non aveva nessuna voglia di parlare. Anche i morti, per una volta, non l'avevano ispirato: lui che della loro compagnia si era sempre compiaciuto. «Piuttosto che marcire fra i morti, vorrei riprendere la mia fedele ala di Vienna e scendere tra gli Albanesi di Còssovo a combattere contro il Serbo e cercare il bel trapasso che mi deve il destino» aveva detto in automobile, mentre venivamo lì.

Quando ebbe finito di parlare, chinò il capo e traversò in silenzio la folla, che s'apriva al suo passaggio. Quasi all'uscita, mezzo confusa col suo cappottino nero in mezzo a un gruppo di donne del popolo, sostava Cosetta. Anche senza monocolo, Gabriele le passò così vicino che non poté non vederla. Era stanca, le palpebre gonfie d'insonnia. Non poteva fermarsi, il Comandante, ma i loro occhi s'incontrarono: e lui rallentò il passo, come se incespicasse. Vide il piccolo viso dimagrito e consunto, lo sguardo spaventato, le labbra secche. In fretta, Cosetta scostò la sciarpa che aveva avvolta alla gola, e mostrò il collare della cagna che le stringeva il collo. Poi, prima che qualcuna delle donne intorno a lei potesse accorgersene, tornò a farlo scomparire sotto la seta. Gabriele era già oltre, impietrito.

Fuori del camposanto si fermò.

«Se penso che domani mi toccherà svegliarmi, e dopo domani, e sempre!» mormorò. Aveva una voce soffocata e il volto livido da far spavento. Non aveva ancora sessant'anni, e ne dimostrava settanta.

In quel momento un legionario si fece largo tra i commilitoni e ci raggiunse. Era Faussone.

«Signor Comandante» disse rispettosamente. Gabriele lo guardò come se non lo riconoscesse.

«Legionario Faussone Giacomo a rapporto» recitò l'altro. Poiché Gabriele taceva, mi feci avanti io.

«Di' pure» lo sollecitai.

«È tutto fatto» comunicò, abbassando improvvisamente la voce. L'occhio dalla palpebra tagliata era gonfio e semichiuso, come se la cicatrice si fosse improvvisamente riaperta. Non era il tipo di faccia che avrei voluto incontrare di notte dietro un cantone, a Porta Ticinese.

Gabriele, spento com'era, recuperò un grammo di vivacità.

«Tutto fatto, eh?» ripeté.

«Sissignore» confermò Faussone.

«Tutti e cinque?» sussurrò il Comandante, colla voce sottile come il vetro.

«Sissignore».

«Anche l'italiano?».

«Sissignore».

«Dove?».

«Laggiù. Nel pozzo».

Gabriele ebbe un sorriso spettrale.

«È giusto» approvò. Tese la mano a Faussone. «Non mi scorderò di te» disse. «Forse verrà il momento che io, e l'Italia, avremo di nuovo bisogno di legionari».

Mi domandai se ci credeva veramente.

«Signor Comandante»» disse rigidamente Faussone, dopo avergli stretto la mano. «C'è solo più una cosa. Io ho fatto venire un camio di cemento» (disse proprio così, un *camio*) «e ho cementato il pozzo. Così nessuno andrà a ficcarci il naso».

«Bravo» approvò Gabriele.

«Solo che il camio l'ho dovuto pagare io, e ha fatto venticinque lire» concluse Faussone. «Com'è che devo fare per il rimborso?».

Gabriele si frugò le tasche con gesto regale; ma ne cavò fuori soltanto un biglietto da cinque corone, con una stampigliatura ostrogota. Lo contemplò con aria dubbiosa, poi lo rimise in tasca.

«Mandami il conto, e vedremo»» disse, battendogli la mano sulla spalla; e salì veloce in macchina.

Davanti allo scalone del Palazzo, Italo stava caricando i bauli. Non pioveva più, ma nella ghiaia, ovunque affondasse il tacco d'uno stivale, sprizzava l'acqua. Gabriele andava avanti e indietro, di malumore, fumando una sigaretta. Aiutai Italo a caricare. Colla coda dell'occhio vidi che nel rimettere in tasca l'accendino, Gabriele aveva trovato un foglio di carta, e lo spiegava aggrottando la fronte. Quando vide di cosa si trattava, scoprì i denti in una smorfia, lo appallottolò e lo gettò via. Con la scusa di caricare l'ultima borsa riuscii a precedere Italo, che se n'era accorto quanto me, e a mettere in tasca la pallottola di carta. La dispiegai il giorno dopo, mentre disfacevo i bagagli, a casa mia a Milano. Era un foglio di carta intestata, collo stemma della Reggenza del Carnaro: le stelle dell'Orsa, e il motto "Quis contra nos?". Su quel foglio il Comandante aveva abbozzato, subito dopo la firma della resa ad Abbazia, il discorso da rivolgere all'ultima adunata dei legionari, il mattino del primo gennaio, la vigilia della cerimonia di Cosala. Mi sedetti in poltrona e lessi.

È una bella notte funebre, o compagni. Laggiù, ad Abbazia, verso sera, fu compiuto pulitamente l'assassinio della città. La città assassinata non urla più, nel suo buio inerte, sotto la pioggia molle.

Stranamente ebbi la certezza di avere già udito prima quelle parole. Ma dove? All'improvviso mi ricordai. Gabriele le aveva usate a proposito di quell'altra assassinata, quella disgraziata nel pozzo. Sogghignai. Era impagabile, non buttava mai via niente.

Mi accesi una sigaretta e proseguii la lettura. Solo qualche pentimento e qualche cancellatura distingueva il testo da quello che Gabriele aveva pronunciato a Capodanno nella piazza di Fiume, mentre il vento della montagna ci soffiava in faccia qualche rado fiocco di neve. Il colloquio ch'era avvenuto il giorno prima fra lui e Caviglia ne usciva con la potenza macabra d'un'incisione del Callot.

A ogni segno di protesta, il negoziatore diceva freddamente: «E io do ordine di sparare». E, come cadeva la sera lugubre, appariva per il vano della finestra la nave esecutrice in rotta coi suoi cannoni verso la città ansante di freddo e di fame, verso la carne palpitante delle madri in attesa del colpo...

Spirava da quel foglio un freddo tale che rabbrividii, e andai a toccare i termosifoni. Erano caldi. Nelle ultime righe, Gabriele aveva voluto cacciare a forza un messaggio di speranza; ma anche quelle parole erano gelate e facili a rompersi, come ghiaccioli.

Era l'ultimo giorno dell'anno. Sì, fra poco quest'anno di dolore e di orrore precipita. Fra poco il nuovo anno incomincia. È già nostro. Già ci appartiene. Sarà il nostro anno mirabile. Gettiamo stanotte un alalà funebre su la città assassinata. E poi restiamo in silenzio, e teniamo gli occhi fissi nel buio...

Lo feci incorniciare, si capisce. Per qualche anno lo tenni sotto vetro, al capo della mia scrivania. Poi un giorno, subito prima della guerra, in casa di conoscenti, presente l'eccellenza Muti, mi capitò d'accennare a quella reliquia. Muti drizzò le orecchie, disse che lui pure era stato legionario a Fiume, e che avrebbe avuto piacere d'ispezionarla. Dovetti invitarlo a casa, e lì mi fece capire molto chiaramente ch'era interessato ad acquistare il foglio, e che non prevedeva un rifiuto. Lo pagò decorosamente, però; e acquistò anche il fazzoletto che subito gli proposi, imbevuto del sangue del Capo, e accuratamente serbato da allora: non in una teca da reliquie, ma in una busta di carta. Quei soldi mi hanno fatto comodo quando ho cominciato a trovarmi anch'io in cattive acque, come chiunque oramai, tranne i pescicani e i borsaneristi. D'altra parte, se fosse rimasto lì appeso, sarebbe andato giù con tutta la casa nel bombardamento: alla fin fine è andata bene così.

Di tanti libri e oggetti di Gabriele che in un modo o nell'altro erano finiti nelle mie mani me n'è rimasto uno solo, anzi in verità l'ho appena avuto. Cecilia l'hanno trasferita chissà dove, non ha neppure fatto in tempo a salutarmi, ma ieri è arrivato un pacchetto che mi aveva spedito prima di partire. Era un comune pacchetto di carta bruna, mandato per posta ordinaria; l'ho disfatto, dentro c'era il volume del *Teatro* del Marlowe, quello stesso che il Comandante aveva nella sua stanza a Fiume, e un biglietto:

Me l'ha regalato l'ultima volta che l'ho visto, ma dove vado adesso lo perderei, conservamelo tu, vuoi?

Appena l'ho preso in mano, il libro s'è aperto al famoso passo di Mefistofele e Faust, quello che Gabriele si lamentava di non riuscire a tradurre.

FAUSTUS How comes it then that thou art out of hell?
MEPHOSTOPHILIS Why, this is hell, nor am I out of it.

Ma non c'era niente di soprannaturale in questo, semplicemente la pagina era ripiegata con un'orecchia, un'abitudine che a Gabriele ha sempre fatto orrore, e a margine di quei due versi era annotato, nella stessa scrittura del biglietto:

Non sono io che sono fuori dall'inferno, sei tu che ci sei dentro, anche se non lo sai.

Evidentemente quella notte hanno parlato a lungo di quei due versi, e di cosa volevano dire veramente, ma questo nessuno dei due me l'ha mai raccontato. Qualunque cosa abbiano trovato in quel libro, hanno preferito tenersela per sé.

Salò, novembre 1944

Indice

Poeta al comando

Questo volume è stato stampato
su carta Arena Ivory Smooth
delle Cartiere Fedrigoni
nel mese di aprile 2022

Stampa: Officine Grafiche soc. coop., Palermo

Legatura: LE.I.MA. s.r.l., Palermo

La memoria

Ultimi volumi pubblicati

1000 La memoria di Elvira
1001 Andrea Camilleri. La giostra degli scambi
1002 Enrico Deaglio. Storia vera e terribile tra Sicilia e America
1003 Francesco Recami. L'uomo con la valigia
1004 Fabio Stassi. Fumisteria
1005 Alicia Giménez-Bartlett, Marco Malvaldi, Antonio Manzini, Santo Piazzese, Francesco Recami, Gaetano Savatteri. Turisti in giallo
1006 Bill James. Un taglio radicale
1007 Alexander Langer. Il viaggiatore leggero. Scritti 1961-1995
1008 Antonio Manzini. Era di maggio
1009 Alicia Giménez-Bartlett. Sei casi per Petra Delicado
1010 Ben Pastor. Kaputt Mundi
1011 Nino Vetri. Il Michelangelo
1012 Andrea Camilleri. Le vichinghe volanti e altre storie d'amore a Vigàta
1013 Elvio Fassone. Fine pena: ora
1014 Dominique Manotti. Oro nero
1015 Marco Steiner. Oltremare
1016 Marco Malvaldi. Buchi nella sabbia
1017 Pamela Lyndon Travers. Zia Sass
1018 Giosuè Calaciura, Gianni Di Gregorio, Antonio Manzini, Fabio Stassi, Giordano Tedoldi, Chiara Valerio. Storie dalla città eterna
1019 Giuseppe Tornatore. La corrispondenza
1020 Rudi Assuntino, Wlodek Goldkorn. Il guardiano. Marek Edelman racconta
1021 Antonio Manzini. Cinque indagini romane per Rocco Schiavone
1022 Lodovico Festa. La provvidenza rossa
1023 Giuseppe Scaraffia. Il demone della frivolezza
1024 Colin Dexter. Il gioiello che era nostro
1025 Alessandro Robecchi. Di rabbia e di vento
1026 Yasmina Khadra. L'attentato
1027 Maj Sjöwall, Tomas Ross. La donna che sembrava Greta Garbo

1028 Daria Galateria. L'etichetta alla corte di Versailles. Dizionario dei privilegi nell'età del Re Sole
1029 Marco Balzano. Il figlio del figlio
1030 Marco Malvaldi. La battaglia navale
1031 Fabio Stassi. La lettrice scomparsa
1032 Esmahan Aykol, Gian Mauro Costa, Alicia Giménez-Bartlett, Marco Malvaldi, Antonio Manzini, Francesco Recami, Gaetano Savatteri. Il calcio in giallo
1033 Sergej Dovlatov. Taccuini
1034 Andrea Camilleri. L'altro capo del filo
1035 Francesco Recami. Morte di un ex tappezziere
1036 Alan Bradley. Flavia de Luce e il delitto nel campo dei cetrioli
1037 Manuel Vázquez Montalbán. Io, Franco
1038 Antonio Manzini. 7-7-2007
1039 Luigi Natoli. I Beati Paoli
1040 Gaetano Savatteri. La fabbrica delle stelle
1041 Giorgio Fontana. Un solo paradiso
1042 Dominique Manotti. Il sentiero della speranza
1043 Marco Malvaldi. Sei casi al BarLume
1044 Ben Pastor. I piccoli fuochi
1045 Luciano Canfora. 1956. L'anno spartiacque
1046 Andrea Camilleri. La cappella di famiglia e altre storie di Vigàta
1047 Nicola Fantini, Laura Pariani. Che Guevara aveva un gallo
1048 Colin Dexter. La strada nel bosco
1049 Claudio Coletta. Il manoscritto di Dante
1050 Giosuè Calaciura, Andrea Camilleri, Francesco M. Cataluccio, Alicia Giménez-Bartlett, Antonio Manzini, Francesco Recami, Fabio Stassi. Storie di Natale
1051 Alessandro Robecchi. Torto marcio
1052 Bill James. Uccidimi
1053 Alan Bradley. La morte non è cosa per ragazzine
1054 Émile Zola. Il denaro
1055 Andrea Camilleri. La mossa del cavallo
1056 Francesco Recami. Commedia nera n. 1
1057 Marco Consentino, Domenico Dodaro, Luigi Panella. I fantasmi dell'Impero
1058 Dominique Manotti. Le mani su Parigi
1059 Antonio Manzini. La giostra dei criceti
1060 Gaetano Savatteri. La congiura dei loquaci
1061 Sergio Valzania. Sparta e Atene. Il racconto di una guerra
1062 Heinz Rein. Berlino. Ultimo atto
1063 Honoré de Balzac. Albert Savarus
1064 Alicia Giménez-Bartlett, Marco Malvaldi, Antonio Manzini, Francesco Recami, Alessandro Robecchi, Gaetano Savatteri. Viaggiare in giallo
1065 Fabio Stassi. Angelica e le comete
1066 Andrea Camilleri. La rete di protezione

1067 Ben Pastor. Il morto in piazza
1068 Luigi Natoli. Coriolano della Floresta
1069 Francesco Recami. Sei storie della casa di ringhiera
1070 Giampaolo Simi. La ragazza sbagliata
1071 Alessandro Barbero. Federico il Grande
1072 Colin Dexter. Le figlie di Caino
1073 Antonio Manzini. Pulvis et umbra
1074 Jennifer Worth. Le ultime levatrici dell'East End
1075 Tiberio Mitri. La botta in testa
1076 Francesco Recami. L'errore di Platini
1077 Marco Malvaldi. Negli occhi di chi guarda
1078 Pietro Grossi. Pugni
1079 Edgardo Franzosini. Il mangiatore di carta. Alcuni anni della vita di Johann Ernst Biren
1080 Alan Bradley. Flavia de Luce e il cadavere nel camino
1081 Anthony Trollope. Potete perdonarla?
1082 Andrea Camilleri. Un mese con Montalbano
1083 Emilio Isgrò. Autocurriculum
1084 Cyril Hare. Un delitto inglese
1085 Simonetta Agnello Hornby, Esmahan Aykol, Andrea Camilleri, Gian Mauro Costa, Alicia Giménez-Bartlett, Marco Malvaldi, Antonio Manzini, Santo Piazzese, Francesco Recami, Alessandro Robecchi, Gaetano Savatteri, Fabio Stassi. Un anno in giallo
1086 Alessandro Robecchi. Follia maggiore
1087 S. N. Behrman. Duveen. Il re degli antiquari
1088 Andrea Camilleri. La scomparsa di Patò
1089 Gian Mauro Costa. Stella o croce
1090 Adriano Sofri. Una variazione di Kafka
1091 Giuseppe Tornatore, Massimo De Rita. Leningrado
1092 Alicia Giménez-Bartlett. Mio caro serial killer
1093 Walter Kempowski. Tutto per nulla
1094 Francesco Recami. La clinica Riposo & Pace. Commedia nera n. 2
1095 Margaret Doody. Aristotele e la Casa dei Venti
1096 Antonio Manzini. L'anello mancante. Cinque indagini di Rocco Schiavone
1097 Maria Attanasio. La ragazza di Marsiglia
1098 Duško Popov. Spia contro spia
1099 Fabio Stassi. Ogni coincidenza ha un'anima
1100
1101 Andrea Camilleri. Il metodo Catalanotti
1102 Giampaolo Simi. Come una famiglia
1103 P. T. Barnum. Battaglie e trionfi. Quarant'anni di ricordi
1104 Colin Dexter. La morte mi è vicina
1105 Marco Malvaldi. A bocce ferme
1106 Enrico Deaglio. La zia Irene e l'anarchico Tresca
1107 Len Deighton. SS-GB. I nazisti occupano Londra
1108 Maksim Gor'kij. Lenin, un uomo

1109 Ben Pastor. La notte delle stelle cadenti
1110 Antonio Manzini. Fate il vostro gioco
1111 Andrea Camilleri. Gli arancini di Montalbano
1112 Francesco Recami. Il diario segreto del cuore
1113 Salvatore Silvano Nigro. La funesta docilità
1114 Dominique Manotti. Vite bruciate
1115 Anthony Trollope. Phineas Finn
1116 Martin Suter. Il talento del cuoco
1117 John Julius Norwich. Breve storia della Sicilia
1118 Gaetano Savatteri. Il delitto di Kolymbetra
1119 Roberto Alajmo. Repertorio dei pazzi della città di Palermo
1120 Andrea Camilleri, Gian Mauro Costa, Alicia Giménez-Bartlett, Marco Malvaldi, Dominique Manotti, Santo Piazzese, Francesco Recami, Gaetano Savatteri. Una giornata in giallo
1121 Giosuè Calaciura. Il tram di Natale
1122 Antonio Manzini. Rien ne va plus
1123 Uwe Timm. Un mondo migliore
1124 Franco Lorenzoni. I bambini ci guardano. Una esperienza educativa controvento
1125 Alicia Giménez-Bartlett. Exit
1126 Claudio Coletta. Prima della neve
1127 Alejo Carpentier. Guerra del tempo
1128 Lodovico Festa. La confusione morale
1129 Jenny Erpenbeck. Di passaggio
1130 Alessandro Robecchi. I tempi nuovi
1131 Jane Gardam. Figlio dell'Impero Britannico
1132 Andrea Molesini. Dove un'ombra sconsolata mi cerca
1133 Yokomizo Seishi. Il detective Kindaichi
1134 Ildegarda di Bingen. Cause e cure delle infermità
1135 Graham Greene. Il console onorario
1136 Marco Malvaldi, Glay Ghammouri. Vento in scatola
1137 Andrea Camilleri. Il cuoco dell'Alcyon
1138 Nicola Fantini, Laura Pariani. Arrivederci, signor Čajkovskij
1139 Francesco Recami. L'atroce delitto di via Lurcini. Commedia nera n. 3
1140 Gian Mauro Costa, Marco Malvaldi, Santo Piazzese, Francesco Recami, Alessandro Robecchi, Gaetano Savatteri, Giampaolo Simi, Fabio Stassi. Cinquanta in blu. Otto racconti gialli
1141 Colin Dexter. Il giorno del rimorso
1142 Maurizio de Giovanni. Dodici rose a Settembre
1143 Ben Pastor. La canzone del cavaliere
1144 Tom Stoppard. Rosencrantz e Guildenstern sono morti
1145 Franco Cardini. Lawrence d'Arabia. La vanità e la passione di un eroico perdente
1146 Giampaolo Simi. I giorni del giudizio
1147 Katharina Adler. Ida
1148 Francesco Recami. La verità su Amedeo Consonni
1149 Graham Greene. Il treno per Istanbul

1150 Roberto Alajmo, Maria Attanasio, Giosuè Calaciura, Davide Camarrone, Giorgio Fontana, Alicia Giménez-Bartlett, Antonio Manzini, Andrea Molesini, Uwe Timm. Cinquanta in blu. Storie
1151 Adriano Sofri. Il martire fascista. Una storia equivoca e terribile
1152 Alan Bradley. Il gatto striato miagola tre volte. Un romanzo di Flavia de Luce
1153 Anthony Trollope. Natale a Thompson Hall e altri racconti
1154 Furio Scarpelli. Amori nel fragore della metropoli
1155 Antonio Manzini. Ah l'amore l'amore
1156 Alejo Carpentier. L'arpa e l'ombra
1157 Katharine Burdekin. La notte della svastica
1158 Gian Mauro Costa. Mercato nero
1159 Maria Attanasio. Lo splendore del niente e altre storie
1160 Alessandro Robecchi. I cerchi nell'acqua
1161 Jenny Erpenbeck. Storia della bambina che volle fermare il tempo
1162 Pietro Leveratto. Il silenzio alla fine
1163 Yokomizo Seishi. La locanda del Gatto nero
1164 Gianni Di Gregorio. Lontano lontano
1165 Dominique Manotti. Il bicchiere della staffa
1166 Simona Tanzini. Conosci l'estate?
1167 Graham Greene. Il fattore umano
1168 Marco Malvaldi. Il borghese Pellegrino
1169 John Mortimer. Rumpole per la difesa
1170 Andrea Camilleri. Riccardino
1171 Anthony Trollope. I diamanti Eustace
1172 Fabio Stassi. Uccido chi voglio
1173 Stanisław Lem. L'Invincibile
1174 Francesco Recami. La cassa refrigerata. Commedia nera n. 4
1175 Uwe Timm. La scoperta della currywurst
1176 Szczepan Twardoch. Il re di Varsavia
1177 Antonio Manzini. Gli ultimi giorni di quiete
1178 Alan Bradley. Un posto intimo e bello
1179 Gaetano Savatteri. Il lusso della giovinezza
1180 Graham Greene. Una pistola in vendita
1181 John Julius Norwich. Il Mare di Mezzo. Una storia del Mediterraneo
1182 Simona Baldelli. Fiaba di Natale. Il sorprendente viaggio dell'Uomo dell'aria
1183 Alicia Giménez-Bartlett. Autobiografia di Petra Delicado
1184 George Orwell. Millenovecentottantaquattro
1185 Omer Meir Wellber. Storia vera e non vera di Chaim Birkner
1186 Yasmina Khadra. L'affronto
1187 Giampaolo Simi. Rosa elettrica
1188 Concetto Marchesi. Perché sono comunista
1189 Tom Stoppard. L'invenzione dell'amore
1190 Gaetano Savatteri. Quattro indagini a Màkari
1191 Alessandro Robecchi. Flora
1192 Andrea Albertini. Una famiglia straordinaria

1193 Jane Gardam. L'uomo col cappello di legno
1194 Eugenio Baroncelli. Libro di furti. 301 vite rubate alla mia
1195 Alessandro Barbero. Alabama
1196 Sergio Valzania. Napoleone
1197 Roberto Alajmo. Io non ci volevo venire
1198 Andrea Molesini. Il rogo della Repubblica
1199 Margaret Doody. Aristotele e la Montagna d'Oro
1200
1201 Andrea Camilleri. La Pensione Eva
1202 Antonio Manzini. Vecchie conoscenze
1203 Lu Xun. Grida
1204 William Lindsay Gresham. Nightmare Alley
1205 Colin Dexter. Il più grande mistero di Morse e altre storie
1206 Stanisław Lem. Ritorno dall'universo
1207 Marco Malvaldi. Bolle di sapone
1208 Andrej Longo. Solo la pioggia
1209 Andrej Longo. Chi ha ucciso Sarah?
1210 Yasmina Khadra. Le rondini di Kabul
1211 Ben Pastor. La Sinagoga degli zingari
1212 Andrea Camilleri. La prima indagine di Montalbano
1213 Davide Camarrone. Zen al quadrato
1214 Antonio Castronuovo. Dizionario del bibliomane
1215 Karel Čapek. L'anno del giardiniere
1216 Graham Greene. Il terzo uomo
1217 John Julius Norwich. I normanni nel Sud. 1016-1130
1218 Alicia Giménez-Bartlett, Andrej Longo, Marco Malvaldi, Antonio Manzini, Santo Piazzese, Francesco Recami, Alessandro Robecchi, Gaetano Savatteri, Giampaolo Simi, Fabio Stassi, Simona Tanzini. Una settimana in giallo
1219 Stephen Crane. Il segno rosso del coraggio
1220 Yokomizo Seishi. Fragranze di morte
1221 Antonio Manzini. Le ossa parlano
1222 Hans von Trotha. Le ultime ore di Ludwig Pollak
1223 Antonia Spaliviero. La compagna Natalia
1224 Gaetano Savatteri. I colpevoli sono matti. Quattro indagini a Màkari
1225 Lu Xun. Esitazione
1226 Marta Sanz. Piccole donne rosse
1227 Susan Glaspell. Una giuria di sole donne
1228 Alessandro Robecchi. Una piccola questione di cuore
1229 Marco Consentino, Domenico Dodaro. Madame Vitti
1230 Roberto Alajmo. La strategia dell'opossum